U0962190

……文化元素
……读丛书

传奇

任晓燕
王彦艳　主编

中原出版传媒集团
中原传媒股份公司
大象出版社
·郑州·

图书在版编目(CIP)数据

传奇 / 任晓燕, 王彦艳主编. — 郑州 : 大象出版社, 2020. 5 (2021. 3 重印)
(中国文化元素阅读丛书)
ISBN 978-7-5711-0586-0

Ⅰ. ①传… Ⅱ. ①任… ②王… Ⅲ. ①小小说-小说集-中国-当代 Ⅳ. ①I247. 82

中国版本图书馆 CIP 数据核字(2020)第 058732 号

中国文化元素阅读丛书
传奇
CHUANQI
任晓燕　王彦艳　主编

出 版 人　汪林中
策　　划　杨秦予
责任编辑　李　丽
责任校对　牛志远
装帧设计　王莉娟

出版发行　大象出版社(郑州市郑东新区祥盛街 27 号　邮政编码 450016)
　　　　　发行科　0371-63863551　总编室　0371-65597936
网　　址　www. daxiang. cn
印　　刷　辉县市文教印务有限公司
经　　销　各地新华书店经销
开　　本　720 mm×1020 mm　1/16
印　　张　9
字　　数　133 千字
版　　次　2020 年 5 月第 1 版　2021 年 3 月第 3 次印刷
定　　价　22. 50 元
若发现印、装质量问题,影响阅读,请与承印厂联系调换。
印厂地址　辉县市产业集聚区城西工业园区
邮政编码　453600　　　　　电话　0373-6208218

目录

燕子李三

冯骥才

光绪末年，天津卫出了一位奇人，叫燕子李三。人叫李三，燕子是他的绰号。他是个天下少见的飞贼，专偷富豪大户，每偷走一物，必就近画下一只燕子做记号，表示东西是他大名鼎鼎的燕子李三偷的。偷的都是富贵人家，官府必然下力缉拿，但始终无果。因为李三的功夫奇高，穿房越脊，如走平地。遇到河面还能用脚尖点着水波而行，从这岸到那岸，这一手叫作“蜻蜓点水”，轻功不到绝顶，绝对学不会这一手。

燕子李三的事闹了半年，在城里城外十多个富人家被窃取的宝贝旁，留下了那个燕子的记号，府县的捕快使了不少计谋逮他，却连李三的影儿也没见过。有的说他模样像时迁，一身紧身皂衣，长筒软靴，深夜出来行盗，人混在夜色里，绝对看不出来。有的说他长相和杨香武一样，嘴唇上留一撮儿两头向上翘的小黑胡，便是“燕子”的来历。于是一时间，留小胡子的人走在街上总会招人多看两眼。后来又有人说，什么时迁杨香武，都是戏迷瞎诌的。此人肯定长相平平，不惹眼，白天睡觉，半夜出行，像蝙蝠。

这李三是怎么突然冒出来的？为什么以前从没人说过？肯定是新近打外地窜来的。天津卫有钱的人多，有钱的人宝贝多，就把李三这种人招来了。传说这个李三是河北人，燕赵之地的人身上都有功夫，还有人说得更有鼻子有眼——是吴桥人。吴桥人善杂技，爬杆走绳，如履平地。说法虽然多，谁也没见过。愈见不着愈瞎猜，愈猜愈玄愈神愈哏，甚至有人说这李三就是几个月前刚打外地调任天津的县太爷。县太爷是河北人，人瘦如猴，能文善武，还爱财。甭管是不是他，反正说来挺好玩，愈说愈有乐子。天津人就好过嘴瘾，往里是吃，往外是说：说美了和吃美了一样痛快。

不过这飞贼李三在人们嘴里口碑不坏。反正他不偷穷人的。不但偷富，还济贫。东门内一家穷人欠着房租还不上，被房主逼得无奈，晚上在屋里哭哭啼啼，忽然打后窗扔进一包东西，打开一瞧，竟是不少银子。令这家人更惊奇的是，包袱一角画着一只小燕。这家人急忙出去谢恩人，跑到门外一看，早没了人影。听说最有机会看到李三长相的是蹲在城门口讨饭的裴十一。李三把一纸包钱亲手撂在他手心里，可裴十一是个瞎子，只捏到李三的手，这手不大却挺硬；虽然脸对脸，却什么也瞧不见。

这一来，李三在人们口里就更神奇了。

一天，燕子李三在天津卫把偷窃一事做到了头——他偷到天津最大的官直隶总督荣禄老爷的家。

这天，荣禄的老婆早晨起来梳妆，发现梳妆匣子里的一串珍珠不见了。这是她顶喜欢的一件宝贝，珠子大小跟葡萄差不多，亮得照眼，这么大的珍珠在海蚌里得五百年才能养成，当年荣禄想拿它孝敬老佛爷，她都死活不肯。丢了这东西跟她丢了命差不多。最气人的是在放珍珠那块衬绸上面画了一只燕子，这纯粹是和荣禄老爷叫板！气得荣禄一狠劲咬碎一颗后槽牙。

荣禄也不是凡辈，他使个法儿：在大堂中间放一张八仙桌，桌面中央摆了总督的官印，上边罩一个玻璃罩子，然后放出话去，说当夜他要关上大堂门，堂内不设兵弁护卫，只他一人坐在堂上守候着官印。他要从天黑守到天亮，燕子李三有胆量有本事就来把官印取走！

这话一出，算和李三较上劲了，而且总督大人保准能赢。想想看，虽然大堂内没有一兵一卒，可是堂外必然布满兵力。大堂的门关着，官印在玻璃罩子里边扣着，总督又坐在堂上瞪圆眼守着，李三能耐再大，怎么取法？再说，门窗全都紧紧关着，怎么进去？钻老鼠洞？

当夜总督大人就这么干了。桌子摆在大堂上，官印放在桌面中央，罩了玻璃罩子，然后叫衙役退出大堂，所有门窗关得严严实实。总督大人自己坐在公案前，燃烛读书，静候飞贼。

从天黑到天亮，总督大人只在近五更时，困倦难熬略打了一个盹儿，但眨眼间就醒了。整整一夜没听到一点儿动静。天亮后，打开门窗，阳光射入，仆役们也都进来了，只见那官印还好好摆在那里，纹丝没动。总督大人笑了，说道：“燕子李三只是徒有虚名罢了。”然后，举起双手伸个懒腰，喝口茶漱漱嘴，喷在地上，准备回房休息。

这时，收拾官印的仆人掀开玻璃罩子时，忽然发现官印朝南一面趴着一个虫子似的东西，再仔细一看，竟然是一只用毛笔画的又小又黑的小燕子！燕子李三画的！

总督大人登时目瞪口呆，猜想是不是自己五更时那个小盹儿，给了超人燕子李三可乘之机。但门窗是闭着的，他怎么进来怎么出去的？衙门里上上下下没人能猜得出来。

真人能人全在民间，很快民间就有了说法。说李三是在大堂还没有关门窗时飞身进来，躲在了大堂正中那块“清正光明”大匾的后边，待到总督大人困极打盹儿时，下来把事干了，然后重回匾后藏身，天亮门窗一开，趁人不备，飘然而去。

这说法合情合理。可是总督大人纳闷儿，李三当时为什么不拿走官印，只在上边画个小燕子？

人们笑道：官印？李三爷能拿却不拿，就是告诉你，那破东西只有你当宝贝，谁要那个！

黑　头

冯骥才

黑头是条好狗，但不是那种常说的舍命救主的忠犬、义犬，这是一条除了它再没第二条的狗。

它刚打北大关一带街头那些野狗里出现时，还是个小崽子，太丑！

黑头是条菜狗——那模样，说它都怕脏了舌头！白底黑花，花也没样儿，像烂墨点子，东一块西一块；脑袋整个是黑的，黑得看不见眼睛，只一口白牙，中间耷拉出一小截红舌头。不光人见人嫌，野狗们也不搭理它。

北大关顶大的商号是隆昌海货店，专门营销海虾河蟹湖鱼江鳖，远近驰名。店里一位老伙计商大爷，打小在隆昌当学徒，后当伙计，干了一辈子，如今六十多岁，称得上这店里的元老。他见黑头皮包骨头，瘦得可怜，便时不时叫小伙计扔块鱼头给它。狗吃肉不吃鱼，尤其不吃生鱼，怕腥；但这小崽子却领商大爷的情，就是不吃也咬上几口，再朝商大爷叫两声，摇摇尾巴走开。这叫商大爷动了心。日子一久，有了交情，模样丑不丑也就不碍事了。

一天商大爷下班回家，这小崽子竟跟在他后边，距离拉得不近不远，也不出声，直送他到家门口。

商大爷开门进去，扭头一看，黑头就蹲在门边的槐树下面一动不动地瞧着他。商大爷没理它。第二天傍晚下班回家时，黑头不知什么时候又出来了，又是一直跟着商大爷，不声不响送商大爷回家。一连三天，商大爷明白这小崽子的心思，回到家把院门一敞说：“进来吧，我养你了。”黑头就成了商家的一员。

商大爷日子宽裕，很快把黑头喂得壮了起来，一年成大狗，两年大得吓人，它那黑脑袋竟比小孩儿的脑袋还大，白牙更尖，红舌更长。它很少叫，商大爷明白，咬人的狗都不叫，所以从不叫它出门，即便它不咬人，也怕它吓着人。

其实黑头很懂人事，它好像知道自己模样凶，决不出院门，也决不进房门，整天守在院门里房门外。每有客人来串门，它必趴下，把半张脸埋在前爪后边，不叫人看，怕吓着人，耳朵却竖着，眼睛睁得挺圆，决不像那种好逞能的家犬，一来人就咋呼半天。可是一天半夜有个贼翻墙进院，它扑过去几下就把那贼制服。这叫商大爷知道它不是吃闲饭的，看家护院，非它莫属。

商大爷常说黑头这东西有报恩之心，很懂事，知道怎么“做事”。商大爷这种在老店里干了一辈子的人，讲礼讲面儿，讲规矩，讲分寸，这狗合他的性情，所以叫他喜欢。只要别人夸赞他的黑头，商大爷必眉开眼笑，好像人家夸他的孩子。

可是，一次黑头惹了祸，而且是大祸。

那些天，商大爷家西边的厢房落架翻修，一帮泥瓦匠和木工，搬砖运灰，里里外外忙活。他家平时客人不多，偶尔来人串门多是熟人，大门向来都是闭着，从没这样大敞四开，而且进进出出全是生脸。黑头没见过这种场面，如临大敌，浑身的毛全竖起来，但又不能出头露面吓着人，便天天猫在东屋前，连盹儿也不敢打。七八天过去，老屋落架，刨槽下桩，砌砖垒墙，很快四面墙和房架立了起来。待到上梁那天，商大爷请人来在大梁上贴了符纸，拴上红绸，众人使力吆喝，把大梁抬上去摆正，跟着放一大挂雷子鞭，立时引来一群外边看热闹的孩子连喊带叫拥了进来。

黑头以为出了事，突然腾身蹿跃出来，孩子们一见这黑头花身、张牙舞爪、凶神恶煞般的怪物，吓得转身就跑。外边的往里拥，里边的往外挤，门里门外混成一团，跟着就听见孩子又叫又哭。

商大爷跑过去一瞧，一个邻居家的男孩儿被挤倒，脑袋撞上石头门墩，开了口子冒出血来。邻居家大人赶来一看不高兴了，迎面给商大爷来了两句："使狗吓唬人——嘛人？"

商大爷是讲礼讲面儿的人，自己缺理，人家话不好听，也得受着；一边叫家里人陪着孩子去瞧大夫，一边回到院里安顿受了惊扰的修房工人。

这时，他扭头一眼瞧见黑头，心火冒起，拾起一根竿子两步过去，给黑头狠狠一竿子，骂道："畜生就是畜生，我一辈子和人好礼好面儿，你把我的面子丢尽了！"

黑头站那儿没动，两眼直盯着商大爷看，忽然转身夺门而去，一溜烟儿就跑没了。商大爷把竿子一扔说："滚吧，打今儿起别再回来，原本不就是条丧家犬吗？"

黑头真的没再回来，打白天到夜里，随后一天、两天、三天过去，影儿也不见。商大爷心里觉得好像缺点嘛，嘴里不说，却忍不住总到门外边张望一下。这畜生真的一去不回头了吗？

又过了两天，房顶开始上泥铺瓦。黑头忽然出现在门口。这时候，商大爷去上班了，工人都盯着手里的活，谁也没注意到它。

黑头两眼扫一下院子，看见中间有一堆和好的稀泥，突然它腿一使劲，朝那堆稀泥猛冲过去，"噗"地一头扎进泥里，用劲过猛，只剩下后腿和尾巴留在外边。这一切没人瞧见。

待商大爷下晌回来，工人收工时，有人发现这泥里有团毛乎乎的东西，是嘛呢？拉出来一看，众人大惊失色，原来是黑头，早断了气，身子都有点发硬了。它怎么死在这儿，嘛时候死的，是邻居那家弄死后塞在这儿的吗？

大伙猜了半天，说了半天，谁也说不清楚。半天没说话的商大爷一句话把这事说明白了："我明白它，它比我还要面子，它这是自我了结。"随后又感慨地说："唉，死还是要死在自己家里。"

蔡二少爷

冯骥才

蔡家二少爷的能耐特别——卖家产。

蔡家的家产有多大？多厚？没人能说清。反正人家是天津出名的富豪，折腾盐发的家，有钱做官，几代人还全好古玩。庚子事变时，老爷子和太太逃难死在外边。大少爷一直在上海做生意，有家有业。家里的东西就全落在二少爷身上。二少爷没能耐，就卖着吃，打小白脸吃到满脸胡茬，居然还没有"坐吃山空"。人说，蔡家的家产够吃三辈子。

敬古斋的黄老板每听这句话，就心里暗笑。他多少年专卖蔡家的东西。名人家的东西比一般人的东西好卖。而黄老板凭他的眼力，看得出二少爷上边几代人都是地道的玩主。不但没假，而且一码是硬邦邦的好东西，到手就能出手。蔡家卖的东西一多半经他的手，所以他知道蔡家的水有多深。十五年前打蔡家出来的东西是珠宝玉器，字画珍玩；十年前成了瓷缸石佛，硬木家具；五年前全是一包一包的旧衣服了。东西虽然不错，却渐渐显出河干见底的样子。这黄老板对蔡二少爷的态度也就一点点地变化。十五年前，他买二少爷的东西，全都是亲自去蔡家府上；十年前，二少爷有东西卖，派人叫他，他一忙就把事扔在脖子后边；五年前，已经变成二少爷胳肢窝里夹着一包旧衣服，自个儿跑到敬古斋来。

这时候，黄老板耷拉着眼皮说："二少爷，麻烦您把包儿打开吧！"连伙计们也不上来帮把手。黄老板拿个尺子，把包里的衣服一件件挑出来，往旁边一甩，同时嘴里叫个价钱，好赛估衣街上卖布头的。最后结账时，全是伙计的事，黄老板人到后边喝茶抽烟去了。黄老板自以为摸透了蔡家的命脉。可近两年这脉象可有点儿古怪了。

蔡家二少爷忽然不卖旧衣，反过来又隔三岔五派人叫他到蔡家去，海阔天空地先胡扯半天，扭身从后边柜里取出一件东西给他看，件件都是十分成色的古玩精品，不是康熙五彩的大碟子，就是一把沈石田细笔的扇子。二少爷把东西往桌上一撂那神气，好赛又回到十多年前。黄老板说："真是瘦死的骆驼比马大，二少爷的箱底简直没有边啦！东西卖了快二十年，还是拿出一件是一件！"蔡二少爷笑笑，只淡淡说一句："我总不能把祖宗留下来的东西全卖了，那不成败家子了吗？"可一谈价就难了，每件东西的要价比黄老板心里估计的卖价还高，这在古玩里叫作"脖梗价"，就是逼着别人上吊。

像蔡家这种人家卖东西，有两种卖法：一是卖穷，一是卖富。所谓卖穷，就是人家急等着用钱，着急出手，碰上这种人，就赛撞上大运；所谓卖富，就是人家不缺钱花，能卖大价钱才卖，遇到这种人，死活没办法。蔡二少爷一直是卖穷，嘛时候改卖富了？

一天，北京琉璃厂大雅轩的毛老板来到敬古斋。这一京一津两家古玩店，平日常有往来，彼此换货，互找买主，熟得很。

毛老板进门就瞧见古玩架上有件东西很眼熟，走近一看，一个精致的紫檀架上，放着一沓八片羊脂玉板刻的《金刚经》，馆阁体的蝇头小字，讲究之极，还描了真金。他扭脸对黄老板说："这东西您打哪儿来的？"脸上的表情满是疑惑。

黄老板说："半个月前新进的，怎么？"

毛老板追问一句："谁卖您的？"

黄老板眼珠一转，心想你们京城人真不懂规矩，古玩行里，对人家的买主或卖主都不能乱打听。他笑了笑，没搭茬儿。

毛老板觉出自己问话不当，改口说："是不是你们天津的蔡二少爷匀给您的？这东西是打我手里买的。"

黄老板怔住，禁不住说："他是卖主呀！怎么还买东西？"

毛老板接过话："我一直以为他是买主，怎么还卖，要不我刚才问你。"

两人大眼对小眼，都发傻。

毛老板忽然指着柜上的一个大明成化的青花瓶子说："那瓶子也是我卖给他的！他多少钱给您的？我可是跟白扔一样让给他的。"

毛老板还蒙在鼓里，黄老板心里头已经全明白了，可他不能叫毛老板全弄明白。待毛老板走后，他马上对伙计们说："记住，蔡二少爷不能再打交道了。这王八蛋卖东西卖出能耐来了，已经成精了！"

大回

冯骥才

大回姓回，人高马大，手大脚大嘴大耳朵大，人们叫他大回。

叫惯了大回，反倒没人知道他的名字了。

大回是能人，专攻垂钓。手里一根竹竿子，就是钓鱼竿；一个使针敲成的钩，就是鱼钩；一根纳鞋底子用的上了蜡的细线绳，就是鱼线；还有一片鸽子的羽毛拴在线绳上，就是鱼漂。只凭这几样再普通不过的东西，他蹲在坑边，顶多七天，能把坑里几千条鱼钓光了，连鱼秧子也逃不掉。

甭管水里的鱼多杂，他想要哪种就专上哪种鱼；他还能钓完公鱼钓母鱼，一对对地往上钓。他钓的大鱼比他还沉，钓的小鱼比鱼钩还小。

人说钓鱼凭的是运气，他凭的全是能耐。

钓鲫鱼用的红虫子，又小又细，好赛线头，而且只有一层薄皮儿，里边一兜儿血红的水。要想把鱼钩穿进去，那可不易；弄不好钩尖一斜，一股红水出来，单剩下一层皮儿了。可人家大回把红虫子全放在嘴里，在腮帮子那里存着。用的时候，手指捏着鱼钩，张开嘴把钩往里边一挂，保管把那小红虫漂漂亮亮地穿在鱼钩上。就这手活儿，谁会？

他无论钓什么都有绝法，比方钓王八。

钓鱼时钩到王八，都是竿儿弯，线不动，很容易让人疑惑是钩住了水下边的石块。钓鱼的人心里急，一使劲，线断了！大回不急，稳稳绷住。停了会儿，见线一走，认准那是王八在爬，就更不急着提竿。尤其大王八，被鱼钩钩住之后，便用两只前爪子抓住了草，假若用力提竿，竿不折线断。

每到这时候，大回便从腰间摸出一个铜环，从鱼竿的底把套进去，穿过鱼竿一松手，铜环便顺着鱼线溜下去。

水底下的王八正吃着劲儿，忽见一个锃亮的东西直朝自己的脑袋飞来，不知是嘛，扬起前爪子一挡，这便松开下边的草。嘿，就势把它舒舒服服地提上来！

这招这法，还在哪儿见过？

天津人过年有个风俗，便是放生，就是把一条活鲤鱼放到河里，为的是行善，求好报。放鱼时，要在鱼的背鳍上拴一根红绳，做个记号。倘若第二年把这鱼打上来，就再拴一根红绳。第三年照样还拴一根。据说这种背上拴着三根红绳的鲤鱼，放到河里，可以跳龙门。一切人间的福禄寿财，就全招来了。

可是鲤鱼到处有，拴红绳的鱼无处弄到。鱼要是给鱼钩钩过一次，就变得又灵又贼。拴一根红绳的鲤鱼在鱼市上偶尔还能看见，拴两根红绳的鲤鱼看不见，拴三根红绳的连撒网打鱼的也没瞧见过。你想花大价钱买，他会笑着说："你有本事把河淘干了，我就有本事把它弄上来。"

怎么办？找大回。天津八大家都是一进腊月，就跟大回定这种三根红绳的鲤鱼了。

大回站在河边，看好鱼道。鱼道就是鱼在水里常走的路，大回有双神眼，能一眼看到水里。他瞧准鲤鱼常待的地界，把一个面团扔下去。这面团比栗子大，小鱼吃不进嘴，大鱼一口一个。但这面团里边决不下钩，纯粹是扔到河里喂鱼，一天扔一个。开头，那贼乎乎的大鱼冒着危险试着吃，一吃没事，第二天再来一个，胆儿便渐渐大起来，以后见了面团张嘴就吞。半个月二十天后，大回心想差不多了，用鱼钩钩个面团扔下去。错不了——一条拴红绳的大鲤鱼就结结实实绷住了。

可是这法子最多只能钓到拴两根红绳的鲤鱼。拴三根红绳的鲤鱼决不上钩。这拴三根红绳的鲤鱼已经被钓到三次，就是吃屎也不敢再吃面团了。使嘛法子？就用小孩的吃食做鱼食！大回是不是把鱼琢磨透了？

南门外那些水坑，哪个坑里有嘛鱼，哪个坑里的鱼大小，哪个坑的鱼有多少条，他心里全一清二楚。他能把坑里的鱼全钓绝了，但他也决不把任何一个坑里的鱼钓绝了。钓绝了，他玩嘛？故而，小鱼不钓，等它长大；母鱼不钓，等它濉子。远近钓者就称他“鱼绝后”，这可不是骂他，是夸他。

这外号并不好——

民国三年，夏至后转一天。大回钓一天鱼，人困马乏。多半辈子，整天站在坑边河边，风吹日晒，身子里的油耗得差不多了。他在鼓楼北的聚合成饭庄，吃饱肚子喝足酒，提着一篓子鱼摇摇晃晃回家，走不动就靠墙睡会儿。他家在北城根儿，这一段路不近，他走走停停直到午夜，迷迷糊糊就趴在大街上了。

这时街上过来一辆拉东西的马车，赶车人在车上睡着了，但就是醒着也瞧不见他——凑巧这段路的几盏街灯坏了。这真是该活死不了，该死活不了。马车从他身上轧过去时，车夫睡得太死，居然也没觉出来，天亮才叫人发现，大回给车轧成一个片儿了，赛张纸似的贴在地面上。奇怪的是，人轧瘪了，鱼篓子却没轧着，里边的鱼还都活着。等巡警一追查，更奇怪的是，那车上拉的东西，竟然是一车鱼！这事叫人听了一怔一惊，脖子后边冒出凉气来。

有人说，这事坏就坏在他那个外号上了，“鱼绝后”就是叫“鱼”把他“绝后”了。但也有人说，这是上天的报应，他一辈子钓的鱼实在太多了，龙王爷叫他去以命抵命。可事情传到东城里的文人裴文锦——裴五爷那里，人家念书的人说的话就另一个味儿了。人家说：

能人全都死在能耐上。

花　婆

原　非

花婆一生嫁过三个男人，一个教书先生，一个泥水匠，一个长工。三个男人婚后都不过两年，不是病亡就是祸残。三次寡遇，无须别人多讲，她就知道自己命不好。有了这般认识，她就断绝了一切温柔富贵的奢望，干脆拉根打狗棍，老老实实做起叫花子来。

不想这一讨饭，竟在洛河川讨出了名堂。

花婆讨饭不做穷相，夏天灰布单衣，冬天黑布棉衣，脚腕那儿长年扎着一副绑腿带，头发一丝不乱地网在发兜里。竹篮碗筷也干干净净，还用一方白布掖紧四角遮了。也许由开始的不习惯而逐渐发展成了一种习惯，她不会喊叫，只朝敞开的大门前一站，静候着主人出来。如碰上狗咬，她也仅抡着棍子在地上划拉着抵挡。主人发现她，会舍一块饼或一碗稀饭。她伸了篮子或碗接过，点头一谢，躲到无人处，蹲下埋头吃了，然后来到正在车水的井台上洗碗。如果吃饱了，就在井台上略坐一坐，随后无选择地随便走进谁家田里，帮着做些应时的活儿；如果觉得不足，便拿了新洗的碗筷，再去村里讨要。

花婆总是这么一副姿态，安分自爱。日子一长，人们的意识里就淡漠了她作为叫花子的形象，只把她当作闲人对待。洛河川多水田，人们四季都忙，亲朋间有什么要紧的口信儿，一时腾不出人手来，这便想到了花婆，就托她十里八里地去传递。无例外地，隔个一天两天，对方就有了准确的回应。进而，人们又大胆地让她捎些小东小西，这也毫无差错。再后来，商人们为逃匪劫，竟把携带银钱的事也委托给她。这样下来，花婆终日负载累累的，追着洛河上的帆影或伏牛山上的流云，西来复又东去。

一天清早，花婆为一商贩转送款子，在伏牛山脚下被两个土匪劫了。她尾随着土匪来到大山深处，走进一座寺院，见着了土匪头子张秀。张秀外号旱螃蟹，水陆两路都有他设的卡子。

花婆向张秀讨款子。张秀从大烟炕上爬起来，双脚点在鞋口里，盯着花婆说：“你上我这儿讨钱，你可知道我是干什么的？”

花婆说：“你是土匪头子，洛河川没有人不知道，可你立过规矩，不抢邮差不抢贫。我是讨饭的。”

张秀拨弄着手下交上来的一百块银元：“你是叫花子，哪儿来这么多钱？还是硬货！”

花婆说：“我替人家送的。”

张秀说：“那就不是你的。”

花婆说：“可在我身上带着呢。”

张秀一挥手：“别跟我啰唆了，走吧。”

“你叫我走就得把钱还我。”花婆迈着小脚上去撮银元，“要不我就没脸见人了。”

张秀一拍桌子上的手枪：“你既然是叫花子，还什么脸不脸的！打出去！”

几条大汉一拥而上，架起花婆，凌空丢出山门。花婆挣扎着站起，一句话不说径直朝山崖走去。可惜她力气不足，一跃没有跳到沟底，而是落在不深的一个石牙上，只撞破了头。

土匪把花婆弄上来，撕了她的衣襟替她包扎。张秀看着山门前摔碎的破碗片，抠了一会儿鼻孔说：

“看不出，这婆子还这么重义！把那钱扔给她吧。”

自此花婆出了名，钦差一般在洛河川通行无阻。但她依然固守着一贯的叫花子形貌，到哪儿只讨一口饭吃。

可是，花婆最后还是被人杀害了。她死在一个十字路口，透胸流下一摊血来，棍子、碗筷还在身边，只是没了竹篮。人们报了官，县警察局却没来人。

花婆葬后个把月，有怀念者到坟上烧香，意外地发现坟前趴着一个男子。那男子身下一摊血，子弹是从两只眼睛射进的，而他僵硬的手下就压着两把手枪。竹篮也回到花婆坟上，里边放着白花花两百块银元。

张秀一伙也来人看了那男子，说不是他们的人。人们于是猜测，那男子一定是外来的匪徒，还不知道花婆的善誉，等知道了便深感羞愧，这就送还了劫物，自戕以谢罪。不然，他不会朝自己的两只眼睛开枪。

地方上贴出告示，要那银元的失主前来认领。过了很长时间也不见失主到来。人们这就商议，想用那笔钱为花婆修座庙。庙名都拟好了，就叫义丐庙。这时，县警察局来人了，说要破案，就把那两百块银元作为物证收了去。

案子终究没破。流传在人们口头上的，仍旧是那种猜测。

毗陵逸事

陆涛声

怪 厨

民国初年，江南有个姓孙的厨子，得了祖传绝技，专做鱼肴，用鲤鱼能烧出上桌时满身还冒火焰的“火龙”，用草鱼能烧出像成串葡萄的“葡萄鱼”，用青鱼能做出像朵朵菊花的“菊花鱼”……至于南北各地风味烧法，没有一样不精通。他凭这身本事，在长江边的小城毗陵开了一爿鱼菜馆，既当老板，又当厨师，烧三江五湖捉来的各种鲜鱼，迎南来北往各种客人。毗陵驿是苏南通往苏北的重要渡口，在曹雪芹《红楼梦》中贾宝玉与贾政最后一别便是在毗陵驿外。这里过路客多，尝了孙老板烧的鱼，都赞不绝口，有人说他烹做鱼肴堪称绝世无双。他一开心，就叫裁缝缝制了一面长条旗幡，绣上“绝世鱼肴”四个大字，天天高挂在店门口。他的名声便不仅在毗陵小城，而且扩散到了大江南北。

一天清早，孙老板开店门挂“绝世鱼肴”旗幡时，有个衣衫褴褛的老叫花子来到他面前，说无家可归，求他收留在店里当个帮工。他店里已雇了两个伙计，生意越来越兴隆，再添个把人手也不嫌多。可这老头儿蓬头垢面，瘦骨嶙峋，能做什么？孙老板想回绝，却又觉得他可怜。行点儿善积点儿德吧！管他能做多少，即使养着他也没啥了不得，每天客官吃剩的饭菜供他吃就足够了。他当即叫个伙计找来一套干净的旧衣裳，让老叫花子洗澡剃头。

老头儿在店里过了一段安定日子，精神渐渐好起来。孙老板叫他专门烧火，他烧得认真、专心，锅里要什么火候，他就烧到什么火候，一点儿不出差错。他平时很少说话，难得说上一句两句，声音也很低，他也从来不提自己的身世、姓名。

那绣有“绝世鱼肴”的旗幡每天早升晚降，本来是孙老板亲自动手，但店里事越来越忙，他见老叫花子做事笃实，就想把这事交给老叫花子。不料，老头儿不但不敢接受，还劝他不要再挂那旗幡。孙老板老大不开心，问他为啥。老头儿没有直接回答，只讲了个故事：

十年前，还是清光绪年间，扬州有个名厨，也是专做鱼肴，“火龙”“菊花鱼”“葡萄鱼”烧得都极出色，最拿手的绝技是烧“神仙鱼”，人家吃了都想象不出是怎么烧出来的，竟有人传说他的手有仙气。他的名气越传越大，竟传到慈禧太后耳朵里。老佛爷也馋“神仙鱼”吃，金口一开，把他召进皇宫当了御厨。他在宫里，终年不能与家人团聚。这事还小，没满两年，无意中得罪了一个管事的太监，惹下横祸，冤落个想毒害老佛爷的罪名，便从宫中御膳房消失了。后来，有人说他被杀了头，也有人说太后身边有个好心的太监偷偷放他逃出了皇宫。到底生死如何，没人说得清楚。反正，连累全家老小遭了杀身之祸是确实的。

这故事，孙老板年少时也曾听父亲讲过，没想到这老头儿也知道。他父亲说那厨子是被杀了头的，“神仙鱼”的烧法从此失传，要不他也不敢挂出“绝世鱼肴”的旗幡。他听出老头儿讲这故事的意思，想听从，一时又放不下面子。他既不责怪，也不强求，依旧天天自己挂和收。

一晃五年过去，老头儿已年过花甲。有一天，老头儿主动提出，他已风烛残年，故土虽没有亲人，还是想叶落归根。他拱手深深一拜，感谢孙老板收留之恩。孙老板见他去意已决，便不再挽留，有心接济他一把，对他说：“要多少盘缠，还要点儿什么，只管说。”老人却说：“盘缠不计较多少，只求临走前能痛痛快快地喝顿酒。”这点儿要求，孙老板满口答应，说：“你要吃什么鱼？我亲自烧。”老头儿说他自己烧，只要给他一条一斤重的鲜活鲈鱼就行。

孙老板依了他。第二天，老头儿打点好包袱，就动手在江上送来的一批新鲜鲈鱼里挑了一条，进了厨房。孙老板正忙，没顾上他。

不一会儿，老头儿端了一碗酒和烧好了的鱼，在客堂的角落里一张空桌子边坐下了。那鲈鱼依旧是整条的，放在大菜盘子里，肚着盘底背朝天，头抬着，口微张，尾巴翘起，鳍伸开，像在江河里游的神态，身子颜色还像没有烧煮过的活鱼。老头儿喝口酒，一直不动筷子夹鱼肉吃，只把嘴凑到鱼嘴上吮一口，像就着茶壶嘴饮茶。他喝着吮着，在旁边桌上吃饭、饮酒的客人看了，都当老头儿是个痴子，神经有毛病。

老头儿喝尽一碗酒，就拎起身边的包袱，也不向谁告别，自顾自出门向江边走去。那条鲈鱼还完完整整地伏在盘子里，散发出一股淡淡的香味。好奇的客官们都围着桌子你一句我一句地议论起来，引来了老板，也引来了伙计。一个伙计说鱼肯定不是生的，他看见老头儿放到锅里去烧的。这个伙计想尝尝，用筷子轻轻一夹，鱼身竟破了，原来只留下一层薄薄的皮和一副骨头，鱼肉已一丝都不剩。在场的所有人都惊呆了。

孙老板猛地想起，父亲在世时说到的“神仙鱼”好像就是这样。原来，这老头儿就是那死里逃生的厨师。孙老板原当“神仙鱼”烧法已经失传，想学恨没门，没想到名师就在身边，只恨自己粗心大意，这么多年都没能发现。孙老板二话没说，就冲出店门朝老头儿走的方向追去。

孙老板赶到江边，不见老人，找人一打听，说是坐小船过江去了。他失望极了，悔恨不已。再细想想，老人既然不辞而别，这么多年没露身份，本就不打算将绝技再传给别人。即使追着他，也未必能学到，便断了念头。

孙老板回到家，伙计交给他一张字条，是在老头儿吃过的鱼盘子下发现的，用毛笔写了两句话：“虚名终是虚，绝招必绝己。”孙老板心里微微一震，望望挂在门口的“绝世鱼肴”旗幡，心一悸背一凉，随即把它降下，从此不再悬挂。

银 洋

民国时期，江南小城毗陵有个姓汤的人，开了一爿小小的南北杂货铺子。他有个交情很深的老朋友，姓宋，在离城七八里的乡下种十亩水田，日子过得还算富裕，每逢上城来买点儿什么，总要到汤老板店里来坐坐，聊聊天。汤老板也总要备一些小菜与他小酌两盅。老宋自酿了米酒，逢年过节总要给汤老板送上五斤十斤；汤老板到外地添货捎回上好的高粱烧，也总要给老宋留三两瓶。老宋早年曾走南闯北到过大半个中国，很有些见识。汤老板遇到什么疑难事，总要找老宋商量。

汤老板开了十年杂货店，年终结算，积攒了三百块银洋，他想用这笔钱做市面大些的生意，究竟做什么好，拿不定主意。新年正月初五，老宋来拜年，汤老板想与老宋私下商议，特地在房内四仙台上备下小菜，两人对酌。喝酒时，汤老板就向老朋友吐了心事，还兴冲冲地从枕头下取出用布卷着的银洋让老朋友也过眼。

老宋停杯凝望着银洋愣了好一会儿，说："当年'长毛造反'，江南被烧了不少屋，如今砌房造屋的人家逐渐多起来，需要用木材的多了，你这后门处就是城河，可以放木排，不妨到江西山里进一批木头开一家木行。这生意大进大出，赚钱快，又没有风险。"汤老板觉得是好主意，当即说："过几天就到江西山里去买。"

老宋却又叫他莫慌，到江西去批货，路途遥远，这季节砍伐下的木头还都堆在山里，用人力往外运很麻烦，花费又大。不如等两三个月，雨季发水时，他们那边就会有大批木排顺山涧水流放出山，从河道撑运过来，沿河在各城镇兜售，经过我们这里。到时只要多留心河道里过木排，就地收买，既方便成本又低。

汤老板又佩服又感激，收起三百块银洋放到枕头下，陪着老宋一杯又一杯喝了个痛快。一瓶酒不够，汤老板又出去到货橱里拿了一瓶。

眼睛一眨，三个多月过去了，果真有一批江西木排经过毗陵城河。汤老板和木材商谈妥交易，便到枕头底下去取那三百块银洋。哪知晓，翻遍床上床下，一卷银洋竟不翼而飞了！十年积蓄，一下丢失，怎么了得！

汤老板一时急得浑身冷汗直冒。想来想去，这钱除了妻子只有老宋一人知道。记得那天把银洋摊在台上时，老宋一直盯着发愣。他又想起他把银洋放在枕头下时，老宋也看见了。他还想起，那天他出去添第二瓶酒时，老宋是一个人留在房里的。汤老板想去报官，怎奈无据无凭。他便先叫木材商等两天，然后备了点酒菜，连夜赶到乡下，把老宋请来。三杯酒过后，他客客气气地说：“哎，宋兄，我枕头底下的三百块银洋，是你借去用的吧？”

老宋一脸愕然：“银洋？”

“嘿嘿，你当时……你当时可能跟我说了的，都怪我酒喝多了，记不清了。”

老宋愣愣地望着他，一言不发，嘴唇一直微微动着似在品酒。

汤老板又皱起眉头，苦苦哀求道：“老兄啊，你知道，我苦了十年，才积下那么点儿钱。刚才找不到，急得我正想投河、上吊，想到是你老兄借的，才稍微放心。只是眼下与木材商谈好了交易，正等这笔钱用……”

老宋紧皱眉头连喝了几口酒，突然笑着说：“老弟别急，三百块银洋……既然你有急用，我后天一早一定送来。”

果然，第三天老宋送来了三百块银洋。

汤老板买下几排木头，木行开张，生意兴隆，当年就赚了一大笔钱。自从有了三百块银洋的纠缠，他再也看不起老宋。老宋也不再露面。

汤记木行，越开越兴旺。三年之后，汤老板便着手扩大店面和改善住宅。拆除旧屋撬起地板时，汤老板突然发现地板下有个布卷，解开一看，三百块银洋一块不缺。原来房里的地板年久失修，床头下靠墙有一条三指宽的裂口。显然是他当时放银洋后，不知何时从床头落下掉了进去，而且滚到了另一块地板下。

汤老板醒悟到自己冤枉了好朋友，想想自己这几年生意发达，本是靠老宋指点，而且是用了老宋的本钱，他万分愧疚，准备诚诚恳恳赔罪还钱。

汤老板带上三百块银洋，匆匆来到老宋住的村上，他大吃一惊：三年前，老宋为凑足三百块银洋给他应急，除了倾一生积蓄，竟还卖掉了三间堂屋和十亩上好的水田；如今，老宋住着简陋的茅草屋，只种三亩薄田，生活十分清苦，人也苍老得多了。汤老板望着老朋友，悔恨不已，不由落泪，双膝一屈跪下，捧上银洋说：“老兄，我害苦了你，我真该死！这三百块银洋你收下，我还要加倍还你，还要……”

老宋连忙和蔼地把他搀起：“老弟不必这样。三百五百块银洋，与你我之间交情相比又算得了啥？别再提它。我有三年不到你家喝酒了，走，上你家喝几杯。”

汤老板心里更加难受：是啊，真诚的情谊和信任，哪是三百五百块银洋能买得到的！

酒　龙

聂鑫森

1944年6月15日上午11时，率部驻守在古城湘潭小东门的第五团团长龙子雄突然接到师长沈翼云的电话，让他速去师部。

昨天刚开的军务会议，沈师长怎么今天又找他去呢？长沙已被日军攻陷，敌焰已逼近湘潭城下，大仗小仗已经打了不少，他们团所驻守的小东门岿然不动，如铁打钢铸一般，但人员伤亡很大。他隐隐觉得这城迟早会被攻破的，援军迟迟不到，师长已宣布全体将士要与古城共存亡，大丈夫为国捐躯，死又何惜！

龙子雄已经三十岁了，无家无业，不嫖不赌，唯一的癖好就是喝酒，一斤白酒可以一口气灌下去，因此，他得了个外号：酒龙。他喜欢这个外号，他认定英雄好汉没有不好酒的。比如说师长沈翼云，人家是黄埔八期的学生，没有后台，提着脑袋拼命，才得了这么个官，沈师长酒量大，一杯一杯，面无怯色。想到酒，龙子雄喉咙痒痒了，多少日子他都没抿过一口酒，因为师长下过军令：喝酒贻误战机者，斩！

师部设在古城中心的平政街关圣殿内，那是一座很恢宏的庙宇，离小东门不过十里之遥。龙子雄骑着马进入城区，便放慢了速度，他觉得不必搅得街市民众惊慌失措。在马上，龙子雄又想起了他和沈师长的“斗酒”，真是太有意思了。

1942年1月，第三次长沙会战，中国军队与日军进行了一场浴血拼搏，那真是一场惊天动地的激战，至今仍在龙子雄心胸激荡。

那时，他在另一个师的七团三营当营长。团长是吴师长的堂弟，大捷后，上级发放赏银，团长却扣发了大部分落入私囊，每个士兵仅得三块光洋。在发放赏银的会上，龙子雄在灌过一瓶白酒后，冲上去把团长揍了一顿。有卫兵想上前干预，他掏出双枪，吼道："谁上来，我就打死谁！"然后，掏出口袋中的几块光洋，猛地掷向空中，双枪迎射，一弹一个，一片叮当的响声，士兵们欢呼起来。吴师长听说后大怒，下令将龙子雄枪毙。

那时，沈翼云师与他们师相邻而驻。

龙子雄喝酒在本师是没有对手的。沈翼云善饮的传闻他倒听了不少，可惜一直无缘在一起"斗酒"。

吴师长当着所有军官的面，对龙子雄说："你今日触犯军法，死罪难免。我念你跟随我多年，屡立战功，你有什么要求只管提。"

龙子雄被五花大绑，却面不改色，说："我别无他求，只是听说沈师长酒量惊人，我心不服，想和他比个高下，请成全。"所有的人都忍不住笑起来：人都要死了，还要"斗酒"。

吴师长有些为难，但随即说："我会去和沈师长商量。假如他不愿与你'斗酒'呢？"

"一个要死去的人，我想他不致如此冷淡。"

想不到，沈师长一口就应允了。

沈师长说："龙营长，我也早闻你的酒名，今日更是佩服，死都不惜，却如此爱惜酒名，真乃英雄气概。这顿酒由我做东，地点选在长沙城的天心阁，如何？"

龙子雄说："好。"

在天心阁的一个亭子里，简单几样下酒菜，却在桌上一字排开六瓶好酒，两个海碗，又选出两个公裁人，吴师长和团一级长官皆在，算是公证人。

"沈师长，我们先喝三碗，如何？"

"好！"

咕噜、咕噜、咕噜……三碗酒下肚，二人都面不改色。

饮到第五碗时，沈师长身子开始晃了，趔趔趄趄站起来，说："龙营长，我输了。不胜酒力，甘拜下风。”

龙子雄也站起来，将第六碗酒一口倒进嘴里，哈哈大笑，说：“此生无憾事，请送我上路。”

沈师长走到吴师长面前，深鞠一躬，说：“念我们是黄埔同窗，请给我一个面子，龙营长犯上，理当严惩。但念国难当头，将才难求，可免去死罪，让他戴罪杀敌。我平生以无相敌酒友为憾事，请割爱将他调入我师遣用。令弟之医药费用由我补偿，明日我在酒楼设宴，宴请师长、令弟及贵师长官，让龙营长给你们赔礼致歉，如何？”

吴师长犹豫了一下，到底磨不开情面，应允了。

之后，龙子雄在沈师长手下，和日军打过几次大仗，每次都身先士卒，出生入死，遂被提升为团长。闲暇时，沈师长总是邀龙子雄同饮，杯对杯，碗对碗，从没有分出过高下。龙子雄便明白，天心阁“斗酒”，沈师长是故意谦让，假醉救人，于是，他对沈师长的敬佩又增了几分。

龙子雄在关圣殿门口跳下马，把缰绳递给前来迎接的勤务兵，便急步走入大殿边的师长的会客室。沈师长笑吟吟地把他拉入会客室后的一间休息室里，那里摆着一桌酒菜，满室飘香。

“子雄，这么多日子没喝酒，急坏了吧？”

龙子雄一愣，说：“师长有令，我一直不敢沾酒。”

“来，坐下。我喝茶，你饮酒。我下的命令，我当自律，但我特许你喝一顿酒，以后可能就没机会一起喝酒了。”

“外无援兵，内缺粮草弹药，好在老百姓先疏散了。请师长放心，只要我有一口气在，我定会守住小东门的。”龙子雄提过酒瓶，打开瓶盖，放在鼻子边嗅了嗅，说，“真是好酒。”然后，把盖子塞紧，又说：“师长，军令如山，我不能违反，但请把这瓶酒送给我，等守住了城，我们再一起喝。”

沈师长说：“好！一言为定。”

龙子雄站起来，立正，敬礼，抱起酒瓶走了。

1944 年 6 月 17 日凌晨，日军对古城湘潭发起了疯狂的进攻，到处是枪炮声、厮杀声，到处是血肉模糊的尸体。在小东门的战壕里，龙子雄多处负伤，浑身是血，他的脚边搁着一瓶酒。

上午8时，师部来电：沈师长亲临城西石子墩战地督阵，敌人开炮轰炸，他犹从容沉着，不肯躲避，不幸阵亡！

龙子雄听罢，一甩电话，呜呜地哭了。哭罢，他打开瓶盖，将半瓶酒洒在战壕里祭奠沈师长，边洒边说：“沈师长，沈师长，今生今世我们再不能在一起喝酒了……”

他把剩下的半瓶酒放在脚边，端起一挺机枪疯狂地向进攻的日寇射击，直打得枪管发烫生烟。

子弹没有了，士兵几乎全部阵亡。

日寇唔呀唔呀地号叫着，端着雪亮的刺刀冲上来。

龙子雄拿出最后一颗手榴弹，抓起那半瓶酒，跃出战壕。他一边仰脖喝着酒，一边举着冒烟的手榴弹，迎着日军走去……

后来，一个死里逃生的士兵叙述了他最后目击的那悲壮的一幕。但他在叙述中，反复强调的一句是：嗨，那个白瓷酒瓶，在太阳下放出一种刺目的光亮，我都闻到了一股很浓的酒香。

赎票

聂鑫森

达兴典当行的达子贵达老板，黄昏时分躺在一张竹凉椅上，闭着眼睛养神。竹凉椅置放在小院落的葡萄架下，风凉凉地从枝叶间穿过来，像一汪汪的清水泼到身上，很舒坦很惬意。

三伏天，到处像着了火，可这小院子却阴阴地可人。他的达兴典当行开在城里最热闹的街上，生意一直很不错。他每天不过到柜台边去遛个弯儿，看一看，不用操什么心，有头柜、二柜、伙计一拨子人管着。他只操心一件事，每天进出多少钱，赚了的钱他一个人或存或藏，决不让谁插手，连十几岁的儿子也不例外。

家里一月开支多少，月初他便一次交给管家，谁也别想浑水摸鱼。他人缘好，脸上满是笑，也很自洁，不抽、不赌、不嫖，就爱听听京戏。青黄不接的时候，他会叫人在典当行门口搭起席棚，早晚两次发放粥饭接济灾民。

夫人打发佣人来问："是不是可以用餐了？"

他说："小两口下乡看他岳丈，回来了吗？"

"没有。"

"也该回来了呀。才二十里地，是雇的马车去的。"

"夫人说，是不是被亲家留住了，明天回。"

"年年都是这规矩，当天打回转，再等等。"

佣人去了。

到天完全黑下来时，院门被咚咚擂响，达子贵从凉椅上坐起来，说："快去开门。”

来的是马车行的马车夫，一个挺结实的青皮后生。

就他一个人。

他结结巴巴地说：“马车往回赶时，遇了强人，把小两口绑走了。”

这时，夫人和一家子人都围了上来，夫人说：“快拿钱赎人！”

达子贵站起来，平静地说：“刚绑走了人，还不知是谁干的，你让我到哪里去赎？别慌，我自有办法。”

夫人哭着回房去了。

达子贵吃过晚饭，说：“备黄包车，我听戏去，今晚有《失空斩》！”

三天后，达子贵接到一封信，他看了一下，划根火柴，烧了。又过三天，达子贵再次收到一封信，他看了看，又烧了。

夫人听说了，找达子贵吵：“你把信烧了，你不想赎人是不是？钱是你的命！”达子贵扬手给了夫人一个耳光：“他们第一封信要二十万，第二封信要十五万，我不理他们。你越还价，他越不肯落价。他们是强盗，你懂不懂？”

夫人捂着被打痛的脸，说：“你懂！反正儿子儿媳出了意外，我跟你拼命。”

达子贵说：“头发长，见识短！”

十天后的午后，一个陌生人走进了院子。达子贵躺在葡萄架下的凉椅上，陌生人一进院门他就看见了，他知道来者是谁。

那人一直走到他面前。达子贵闭着眼睛，招呼也不打。

“达老板，你的两个孩子是我们绑走的，你看怎么了结？”

达子贵睁开眼，坐起来，说：“你不就是要钱吗？可你们要得太多了，我拿不出来，只好拿命去挡了。”

“达老板，穷哥们儿缺钱用。孩子挺好，汗毛也不会掉一根。”

“我谢你了。我给二万，多了没有，怎么样？”

陌生人犹豫了一下，知道达子贵说一不二，就随口答应了。临走定下时间、地点和接头暗号。

到了约定的日期，晚上，达子贵揣着二万元银票，也没告诉夫人，只悄悄地告诉了老管家，一个人去了。在城外的一片小树林里，远远地出现了几个人影。达子贵说：“老大，我来了。”

对方答：“青山不转水长流。”

达子贵从怀里拿出银票，放在一块空地上，用三块石头成品字状地压着。

接着，儿子和儿媳踉踉跄跄往这边跑。

有人拾起银票，划根火柴看看，然后说：“达老板，慢走一步。你的孩子我们放了。你跟我们走一趟，有点儿事商量。”

达子贵说：“可以。”又对儿子、儿媳说：“你们回去。别跟你娘说什么，只说我和这几个朋友走一趟，很快回来。”儿子、儿媳慌忙走了。

达子贵被蒙上眼睛，扶到一架马车上坐下。车轮子飞快地转，一颠一颠的。

天亮时，达子贵被带进一座山中的破庙里。眼罩摘去了，他看见神案前坐着一个黑大汉，两旁站着十几个汉子。站在黑大汉后面的那个人，达子贵认识，是那次来小院的人。

黑大汉说：“达老板，这几个钱不够花，你还得给一点。你给家里写封信吧。”

站在黑大汉后面的人说：“大哥，这不好吧？”

“老二，你不要多言，达老板不少这几个钱。”

老二的脸板起来。

达子贵说：“各位兄弟，各行有各行的规矩，凡事总得讲个义道。你们绑了票，我用钱赎票，一个人来，光明正大，钱数是双方定的，怎么又说少了？恕我直言，你们是自己断自己的活路，往后你们绑了票，谁敢来赎？”

黑大汉一拍神案，骂道：“你写不写信？别给脸不要脸！”

达子贵笑了笑：“我写信没用的，钱由我管着，他们拿不到；钱庄里虽存了钱，要我本人盖的印鉴才取得出，你们早摸了底的。”

黑大汉吼道：“把这张票撕了！奶奶的，我不信这个邪……”

黑大汉还要说什么，说不出了，他发现站在后面的老二用一把短刀卡在自己脖子上，雪白的刀光耀眼。

"老二，你想造反？弟兄们……"

旁边的人刚想动手，老二使劲把刀子一带，一股子血迸出来，冲得老高。

老二说："谁敢动手！老大坏了江湖上的规矩，天理不容，如不杀他，恐江湖上笑话我们。"

其他人似被震慑住，大气也不敢出。

老二一拱手，说："达老板，对不起，受惊了。今日事，请莫外传，弟兄们还要吃口饭。"

达子贵说："请放心。"

老二又说："达老板，我送你回家。"

说完，让达子贵走前，自己断后，走出了庙门。再找来马车，载着达子贵，一鞭挥去，马车飞快地跑起来。

看看离城近了，达子贵说："兄弟，我有句话不知当讲不当讲？"

"请说。"

"看那伙人都不是省油的灯，你回去后，凶多吉少。"

"嗯。我是半路入伙的，因为读过几天书，所以排为老二。其余的多是老大的拜把兄弟。"

"那还回去干什么？你若同意，我送你一笔钱，远走高飞，另谋一个前程，别再在江湖混了，江湖危机四伏啊。"

"达老板，谢您了。"

到家后，达子贵设宴款待老二，临别又赠送了一大笔钱。

老二揣上钱，说："达老板，我走了。"

老二走了后，达子贵才想起没问他的名和姓，只知道他叫"老二"。想想，又自问：为什么要知道他的名和姓呢，萍水相逢，世事茫茫，有什么必要非得寻根问底不可呢？

二十年过去了。

达子贵满了七十，因偶感风寒，一病不起，静静地辞别了这个世界。

灵堂里挂满了挽联、挽幛，来吊丧的人川流不息。

出殡的前一夜，灵堂里突然来了个四十多岁的中年人，先在签名簿上签上“老二”两个字，再递上一个大白信封，那是一份丧仪。管事的抽出里面的一张银票，竟是二万五千元！

这时达子贵的儿子、儿媳都在内间休息。管事的问：“您是……”

“我是达老板的朋友。不必惊动他们，待我去叩个头。”

他在灵案前，对着达子贵的遗像叩了个头，然后飘然而去。

达子贵的儿子闻讯奔出，早已不见人影。

他看着签名簿上的“老二”两个字，茫然地说：“老二是谁呢？”

牵手归向天地间

聂鑫森

马千里一辈子不能忘怀的，是他的亲密战友小黑。小黑为掩护他，牺牲在湘西剿匪的战斗中。他至今记得，当一身是血的小黑已无法站立起来时，却把头向天昂起，壮烈地长啸了一声，欲说尽心中无限的依恋，然后溘然而逝。

小黑是一匹马。

马千里已八十有三，在他的心目中，小黑永远年轻地活着，活在他的大写意画里，活在他画上的题识中。可如今他已是灯干油尽了，当年留下的枪伤，后来岁月中渐渐凸现的衰老，特别是这一年来肝癌的突然逼近，让他的身体每况愈下。他对老伴和儿女说："我要去和小黑相会了，何憾之有！"

他的家里，画室、客厅、卧室、走廊到处挂着关于小黑的画，或中堂或横幅或条轴，或奔或行或立或卧，全用水墨挥写而成，形神俱备。只是没有表现人骑在马上的画，问他为什么，他说："能骑在战友身上吗？现实中有，我心中却无。"题识也情深意长，或是一句警语，或是一首诗，或是一段文字，不是对马说的，是对一个活生生的"人"倾吐衷曲。

马千里不肯住在医院里了，药石岂有回天之力？他倔强地要待在家里，这样随时可以看到画上的小黑，随时可以指着画向老伴倾诉他与小黑的友谊。尽管这些故事，此生他不知向老伴讲了多少遍，但老伴总像第一次听到，用简短的插话推动着故事的进程。

“我爹是湘潭画马的高手，自小就对我严加督教，‘将门无犬子’啊，我的绘画基础当然不错。1949 年，我正上高中，准备报考美术学院。”

“怎么没考呢？”老伴问。

“解放军要招新兵了，我和几个要好的同学都向往戎马生涯的诗情画意，呼啦啦都进了军营。首长问我喜欢什么兵种，我说想当骑兵。”

“你爹喜欢马诗和马画，你也一脉相承。唐代李贺的《马诗二十三首》，你能倒背如流。最喜欢的两句诗是：‘向前敲瘦骨，犹自带铜声。’”

“对。部队给我分配了一匹雄性小黑马，我就叫它小黑。小黑不是那种个头高大的伊犁马或者蒙古马，而是云贵高原的小个子马，能跑平地也能跑山路。它刚好三岁，体态健美、匀称，双目有神，运步轻快、敏捷，皮毛如闪亮的黑缎子，只有前额上点缀一小撮白毛。”

“小黑一开始并不接受你，你一骑上去，它就怒嘶不已，乱跳乱晃，直到把你颠下来。”

“你怎么知道这些？”

“你告诉我的。”

“后来老班长向我传道，让我不必急着去骑，多抚小黑的颈、背、腰、后躯、四肢，让其逐渐去掉敌意和戒心；喂食时，要不停地呼唤它的名字……这几招，果然很灵。”

“因为你不把它当成马，而是当成人来看待。”

“不，是把它当成了战友。不是非要骑马时，我决不骑马，我走在它前面，手里牵着缰绳。”

“有一次，你失足掉进山路边的一个深坑里。”

“好在我紧握着缰绳。小黑懂事啊，一步一步拼命往后退，硬是把我拉了上来。”

“1951 年，部队开到湘西剿匪，你调到一个团当骑马送信的通信员。”

“是啊，小黑也跟着我一起上任。在不打仗又没有送信任务的时候，我抚摸它，给它喂食，为它洗浴，和它有一搭没一搭地说话。它不时地会咴咴地叫几声，对我表示亲昵哩。”

“你有时也画它吧？”

“当然画。用钢笔在一个小本子上，画小黑的速写。因老是抚摸它，它的骨骼、肌肉、鬃毛我熟悉得很，也熟悉它的喜怒哀乐。只是当时的条件有限，不能支画案，不能磨墨调色，不能铺展宣纸，这些东西哪里去找？”

“你说小黑能看懂你的画，真的吗？”

“那还能假？我画好了，就把画放在它的眼面前让它看。它看了，用前蹄轮番着敲击地面，又咴咴地叫唤，这不是‘拍案叫绝’吗？”

老伴开心地笑了，然后说：“你歇口气再说，别太累了。”

马千里靠在床头，眼里忽然有了泪水，老伴忙用手帕替他揩去。

“1952 年冬天，我奉命去驻扎在龙山镇的师部，取新绘的地形图和电报密码本，必须当夜赶回团部。从团部赶到师部，一百二十里地，正好暮色四合。办好手续，吃过晚饭，再给小黑吃饱草料。我将司务长给我路上充饥的两个熟鸡蛋剥了壳，也给小黑吃了。这个夜晚，飘着零星的雪花，寒风刺骨，小黑跑得身上透出了热汗。”

“半路上经过一片宽阔的谷地，地上积着一层薄薄的雪花，突然小黑放慢了速度，然后停住了。”老伴说。

“是啊，小黑怎么停住了呢？累了，跑不动了？不对呀，准是有情况！夜很黑，我仔细辨认，发现前面有人影从一片小树林里走出来，接着便响起了枪声。是土匪！我迅速地跳下马，把挎着的冲锋枪摘下来端在手里。这片谷地上没有任何东西可作掩体，形势危急啊。小黑竟知我在想什么，蓦地跪了下来，还用嘴咬住我的袖子，拖我伏倒。”

“它用自己的身体作掩体，真是又懂事又无私。”

“好在子弹带得多，我的枪不停地扫射着，直打得枪管发烫，打死了好些土匪。我发现小黑跪着的姿势变成了卧着、趴着，它的身上几处中弹，血汩汩地往外流。我的肩上也中了弹，痛得钻心。我怕地形图和密码本落入敌手，把它捆在一颗手榴弹上，一拉弦，扔向远处，‘轰’的一声全成了碎片。”

“小黑牺牲了，你也晕了过去。幸亏团部派了一个班的战士骑马沿路来接你，打跑了残匪，把你救了回去。小黑是作为烈士埋葬的，葬在当地的一座陵园里。”

“后来，我被送进了医院……后来，我伤好了，领导让我去美术学院进修……后来，我退伍到了地方的画院工作。”

“几十年来，你一心一意地画马，画的是你的战友小黑。用的是水墨，一律大写意。名章之外，只用两方闲章：‘小黑’‘马前卒’。你的画，一是用于公益事业，二是赠给需要的人，但从不出卖。”

“夫唱妻随，你是我真正的知音。”

在马千里逝世的前一日，他突然变得精气神旺盛，居然下了床，摇晃着一头白发，走进画室，在一张六尺整张宣纸上，走笔狂肆，画了着军装、挎冲锋枪的他，含笑手握缰绳，走在小黑的前面，小黑目光清亮，抖鬃扬尾，显得情意绵绵。大字标题写的是“牵手归向天地间”，又以数行小字写出他对小黑的由衷赞美及战友间的心心相印。

待钤好印，马千里安详地坐于画案边的圈椅上，慢慢地合上了眼睛……

夏无思

吴卫华

民国年间，河北屯留镇的夏氏宫灯名气很大。夏氏宫灯的工艺传承人夏无思，是个二十出头儿的年轻人，身材瘦弱，眉清目秀，他制作出的宫灯，尤其是走马灯，精巧绝伦，只是他为人不善言辞，不喜交际。

夏氏宫灯制作坊的老掌柜死后，父业子继，夏无思接管了作坊。由于不善经营，没多长时间，作坊就显出了衰败景象。

那年，太行山上的大土匪老北风过五十寿诞，指名要一千盏夏氏宫灯。夏无思接了订单后，一检点作坊里的备料，傻眼了，父亲生前囤积的紫檀、楠木、黄花梨等上佳木材，都被工人偷走了。要知道夏氏宫灯之所以享有美誉，有一半是质材贵重的原因。

夏无思不敢退单，一筹莫展，想来想去，最后想到了一个人——尹雪豹。尹雪豹不是商人，是屯留镇一个有着侠义精神的豪强地主。

尹雪豹听明白了夏无思的来意："一千块大洋不是个小数目，整个屯留镇的人都知道你不善经营，我担心借出去的钱打了水漂儿。"

夏无思红了脸，低声说："交了工后，我连本带利还你。"

尹雪豹："你拿什么抵押？"

夏无思："作坊。"

尹雪豹："你那作坊里还有什么值钱的东西？"

夏无思的脸涨得通红，紧紧地咬住嘴唇，一声不响转身要走。

尹雪豹突然笑了："慢着，你只要答应我一件事，我就把一千块大洋白送你。”

夏无思站住，疑惑地看着尹雪豹。

尹雪豹说：“给我制作一盏夏氏走马灯。”

夏无思拿到一千块大洋后，购料进货，督促工人忙忙碌碌赶制一千盏宫灯。宫灯终于全部做了出来，夏无思长出一口气，准备次日交工。夜里，存放宫灯的库房突然起火，而且越烧越大。

等大火被扑灭，一千盏宫灯全被烧毁了。夏无思呆盯着宫灯残骸，说不出一句话，只觉胸中气血上涌，血自鼻中流出，身子摇摇欲坠，旁边一只大手，牢牢托扶住他的臂肘：“夏老弟，火烧去的只是身外物，所幸人都平安啊！”说这话的是赶来灭火的尹雪豹。

夏无思把目光从宫灯的残骸上移开，转盯住尹雪豹，只是盯着，仍是一句话也说不出来。

尹雪豹叹口气：“老北风那儿，我去给你摆平。一千块大洋，我说过白送，你只要得闲给我做一盏走马灯，我就欢喜不尽了。”

夏氏走马灯的工艺秘不外传，只有夏无思掌握着这门绝技。走马灯由雕刻精致的黄花梨木做支架，再由薄如蝉翅的大鱼鳔蒙箍，两层十六面，每一个屏面上绘有一匹昂首奔驰的骏马，外层灯罩上的八匹马马头向左，里层灯罩上的八匹马马头向右，点上蜡烛后，里层屏面受热右转，外层屏面则向左转，看上去两队骏马由里向外奔出，络绎不绝，声势浩大，仿佛有千万匹之多。

夏无思自知无力偿还一千块大洋，只有倾尽心血给尹雪豹制作一盏独一无二的走马灯。夏无思振作精神，把自己关起来，雕刻灯架、打磨鳔面、精绘马匹、布置机关，一时间忘记了外面混乱的世道。

尹雪豹派人拿了礼品，去跟老北风交涉。老北风强硬地说三天后没有宫灯交来，就马踏屯留镇。尹雪豹知道老北风要宫灯是借口，看中他尹家财产是真，就算没有宫灯这档子事，老北风迟早也会打劫尹家的。

夏氏作坊的工人，风闻老北风要马踏屯留镇，全逃走了。尹雪豹听说后，长叹一口气，亲自去夏家，把惶恐无依的夏无思接到尹宅保护起来。夏无思还是老样子，一遇事就说不出一句话，只会用一双秀气的眼睛看着尹雪豹。尹雪豹拿软弱的夏无思没有办法，也不忍呵责，只好叹一口气：“你接着做走马灯吧。”

老北风的人马说来就来了，呼啦啦一大群，骑马端枪地包围住尹家，要钱要粮，数目巨大，不给就要硬攻强打。幸亏尹家的大宅院建造成了防御型的，射击孔、角楼什么的都有，持枪的家丁四下一布置，老北风的那帮乌合之众，还真不容易攻破。

白天，土匪们在外面砰砰放枪；夜晚，围宅宿营，还拉来了两架土炮，摆足了声势要炮轰尹家大院。尹家大院内的人都有一种走投无路的绝望感。

那天黄昏，足不出户的夏无思推开饰有黝黑蝙蝠的花雕门，走到院子里，茫然看了一会儿慌乱的人们，没有人理他，他走开几步，去倾听高墙外的喧嚷。

尹雪豹带人匆匆走过来：“你还是回屋吧，别给流弹伤了。”

夏无思竟然说：“我想看看外面的情况。”

尹雪豹说：“外面人马野蛮，你看他干什么，倒吓着。”

夏无思道：“这事因我而起，也该由我终了。”

尹家大门楼的对面，架着两尊土炮，老北风发话，说给尹雪豹一个小时时间，再不答应缴纳钱粮的条件，就炮轰尹家大院。

尹雪豹从门楼上下来后，召集家丁三十多人，准备骑马持枪冲出大门，只要近距离厮杀，老北风的土炮就失去了威力，尹家就有保全的希望。

天完全黑了下来，三十多名家丁骑在马上，只等大门一开，就冲杀出去拼死一搏。

这时，夏无思推着一盏大灯笼过来，那灯笼一人高，双层十六面，上绘各色骏马，一匹匹昂首奋蹄，正是夏氏走马灯！只是灯罩外面没有了流苏等精巧装饰，因此更大幅面地张扬出了马匹的怒驰。

尹雪豹惊问夏无思：“你这是干什么？”

夏无思从容地说：“给你助阵。我把这灯立在大门口，灯烛点亮后，你们再冲杀出去。”

夏无思说完，打开大门，把灯笼推到门外，点燃灯罩内手臂般粗的蜡烛。门外的土匪，一个个伸着脖子，远远地向这边看稀奇。

走马灯被点亮后，先是放射出柔和的红光，很快变成了闪烁刺眼的七彩光，光照数丈外，内外两层画屏开始转动。对面的土匪，后面的尹雪豹及众家丁，都看到了夏无思从灯笼里走了出来，飘飘逸逸如神仙一般。在夏无思的身后，一匹骏马长颈高扬地奔向左边，另一匹骏马奋蹄右驰，鬃毛飘拂。马匹衔首接尾地分两队奔出，很快挤挤挨挨成了一大片，浩浩荡荡铺天盖地奔涌过来，不知几千几万。

土匪全被这庞大的马阵吓傻了，怎么也想不通这些马是从哪儿来的，人人挣扎逃命。

那一战，数百土匪竟然被尹雪豹带领的三十多人打得伤亡过半，连老北风也被尹雪豹击毙在了马下。

战事一结束，尹雪豹第一个要找的人就是夏无思，但夏无思已经倚靠着停转的灯笼气绝身亡了。夏无思身上无伤，面容平静。有人告诉尹雪豹，说战事快结束时，看见夏无思和那些马匹，重新走回了灯里。

丧葬人员在给夏无思穿殓衣时，竟然发现夏无思是个女子。

宋　锦

吴卫华

“蜀桑万亩，吴蚕万机”，明代苏州郡城东北一带，居住的大多是织户，大户张机为业，雇工织造宋锦，用来增殖财富。宋锦开始于宋朝末年，主要产地在苏州，故又名“苏州宋锦”。苏州宋锦因色彩绚烂、图案精致、质地坚韧，有“锦绣之冠”的美誉。

苏州织户中，最有名气的是冷家。冷家原是小户人家，起始只有一张花楼织机，织锦卖钱，盈利置机，机多雇工，十几年后，已经有织机二十多台、雇工四五十人，俨然大织户。冷家织出的宋锦花色繁复、颜色明丽，尤其是重锦，花作退晕，金勾轮廓，是外观最华丽、工艺最精湛的一类丝绸。冷家织出的宋锦，在市场上往往供不应求，当时被人叫作“冷家锦”。

每个大织户都有花本，除了市场上通用的，还有自家秘不外传的。冷家设计的花本都出自冷家的独生女儿冷清欢之手。“冷家锦”能出类拔萃，全赖于冷清欢的挑花结本。

锦工是流动的，男女都有。那年冷家招锦工，一个年轻的男子来面试，负责招工的冷清欢看那男子长相清俊，骨子里有种说不出的高雅气质，疑心地要他伸出双手来：“两手给我看看。”

男子温顺地把双手递到冷清欢眼前，手心向下，那双手修长白皙，保养得极好。冷清欢盯着男子长长的眼睫毛，秀眉向上挑出疑惑。男子不明所以地回看了一会儿冷清欢，终于回过神来，忙把手心向上翻过来，更近地托给冷清欢看。那双手的指节上有薄薄的细茧。冷清欢这才把好看的眉毛安置回原位："看来是做过锦工的，名字？"

男子收回双手，微怔了一下，冷清欢又看向他。男子低声说："宋四儿。"

于是，宋四儿就在冷家做了一名上花楼织机的锦工。一台花楼织机需要配备两个锦工，拉花工坐于花楼之上拽提扦线拉花，梭工坐在花楼机前投梭织造。因为工艺繁琐，一天只能织造出五六公分长的宋锦，真正的"寸锦寸金"。宋四儿在冷家做了锦工后，手脚勤快，默言少语，干出的活儿无可挑剔，内行人一看就知道宋四儿是个一等锦工。冷清欢在检视织造工作时，有时会亲自上机操作，宋四儿是她最合宜的搭档。冷清欢高坐在花楼织机上牵花，根据花本提示用什么纬线穿过哪些经线。宋四儿仅听上面提扦声音，就知道怎么打纬。两人往往不用语言交流，但宋四儿有时也会看看冷清欢的眼神，好确认自己的操作有没有失误。每当宋四儿跟冷清欢四目交接时，冷清欢就会有瞬间的恍神。等宋四儿低头投梭时，冷清欢会不由自主地偷看看宋四儿那落落寡合却又不无默契的模样。

朝廷为弥补国库和皇室储备空虚，钞关遍设大江南北，派出宦官横征暴敛商业税。苏州织户纳税尤重，不仅有"机头税"，所织纱缎，完税后还必须由税官加盖官印方准发卖。一时间百物腾贵，织户相率改业，可改业更加无以生存。

苏州织造局突然发布公告，说城内织户有能织出"凤穿牡丹"的，可免去"机头税"。冷家织坊因重税面临倒闭，已经遣散了大部分锦工，只留下了宋四儿等几个好锦工。听到这个公告，冷清欢仿佛看到了织坊能活下去的生机，她在绷子上挑花结本，起绞、挑扦、换结……日夜忙碌，甚至忘记了吃饭和睡觉。

几天后，冷清欢高兴地把宋四儿叫到绷子前看她苦心孤诣做出的花本："虽然'凤穿牡丹'只是听闻，你看这个是不是像那么回事了？"

宋四儿仔细看了摇摇头："你这'凤穿牡丹'远不是织造局要的。"

冷清欢反问："你这么肯定，依据是什么？"

宋四儿迟疑一下说："我见过原样。"

冷清欢一激灵："在哪儿？"

宋四儿只回了一句："不记得了。"再不回答冷清欢的追问。

整个苏州城的织户，没有一家能送上让织造局满意的“凤穿牡丹”花本。织造太监看过冷清欢的花本，丢在地上说：“拿这个应付我吗？‘凤穿牡丹’是当今皇上点名要的，冷家要是织造不出来，整个苏州城就没有人能织造出来了，限你十天，挑花结本出‘凤穿牡丹’。”

冷清欢绞尽脑汁，就是对“凤穿牡丹”的织法不得要领。第三天，宋四儿走到绷子前跟冷清欢说：“我来吧。”

冷清欢先是一脸惊奇：“你？”很快喜出望外：“对，你是见过‘凤穿牡丹’原样的！”

第十天，宋四儿把做好的花本给冷清欢。冷清欢睁大了眼睛，花本精美绝伦，上面的牡丹饱满明艳，洋溢着雍容华贵；绕牡丹飞舞的凤鸟，仪态轻盈，羽分五彩。

冷清欢又惊又喜：“原样如此？”

宋四儿说：“原样如此。”

冷清欢：“富贵祥瑞之极！”

宋四儿黯然说：“让它流传于世吧。”

冷清欢从织造局献“凤穿牡丹”花本回来后，喜气洋洋地要把好消息告诉宋四儿，却见宋四儿穿着一身洁净的素衣，提着钱袋子在专门等她回来。宋四儿说：“我的工钱都在这儿，足够给我置下一副棺材。”

冷清欢惊诧：“这话怎么讲？”

宋四儿神色平静：“我原名卢凌。卢家三世为南京织造监督，挑花结本是我家必修功课，天下花本多收罗在我家，其中的‘凤穿牡丹’为失传的技艺，我也只是织造了一匹进贡皇上，全家就遭阉人魏忠贤陷害。我隐姓埋名逃到你这儿做了个锦工，魏忠贤要斩草除根，用‘凤穿牡丹’诱我现身。”

冷清欢听得震惊又焦急：“那你为什么还要暴露自己？赶快逃走吧。”

宋四儿惨然笑说：“我要是逃走，不知道多少人要死于非命，恐怕第一个就是你。我要这‘凤穿牡丹’的技艺流传后世，不能由我而灭。”

宋四儿的话刚说完，一队官兵就冲进了冷家。

宋四儿死后，冷清欢把“凤穿牡丹”的技艺发挥到了极致。她终身未嫁。

墨不白

吴卫华

沧州的墨不白，出身于武术世家。江湖中被传得神乎其神的缩骨术，是墨家的绝密武学，把缩骨术练到随心所欲登峰造极境界的，普天之下只有墨不白一人。缩骨术的特点就是“分筋错骨，骨头重排”，也就是说骨头是可以在皮肉里拆开移动使人体变形，或拉成条或缩为团，这奇技绝学，听听就让人骇异。

1943年，抗日队伍获悉侵华日军少将田中信太郎的手里有份绝密的作战计划，遂想获知内容。一天，嗜好文物的田中信太郎的住处，有人送来一只半人高的明代汝窑青花大瓷瓶。此瓶颈细腹大，纹饰精美，实在是明瓷中的珍品。奇怪的是瓷瓶颇有分量，里面几乎盛满了芳香馥郁的干花瓣。送瓶人奉承田中信太郎，说：“太君促进东亚共荣，劳苦功高，鄙人献一花瓶聊表心意。瓶中干花瓣，乃特制香料，不腐不烂香味久远，置于室内可静心醒目通泰七窍。”

田中信太郎大喜过望，命人将花瓶摆放在他的房间里。不料第二天，花瓶的瓶口莫名其妙地掉了一块下来，田中信太郎很心疼。送瓶人闻讯找上门来，说他认识一个修复古瓷的高手，只要把瓷瓶送去，保准修复得毫无瑕疵。田中信太郎就让人将瓷瓶送了过去。

等一切闲杂人员退出，送瓶人抗日特工唐一渡关门闭户，拍着瓷瓶说：“出来吧。”只听瓶内说：“你也避一避吧，这缩骨术没什么好看的。”唐一渡只得走了出去。过了一会儿，听屋内人说：“进来吧。”开门进去，一个楚楚动人的女子已经坐在屋内椅子上，手里拿着那份关乎千万人性命的作战计划，显得神色疲倦，像是耗了极大的体力。她就是墨不白。唐一渡惊喜地问墨不白是怎样拿到作战计划的，墨不白轻描淡写地说：“趁那个日本人出去后，我从瓶中出来，找到钥匙取出文件，然后依计划把花瓶弄掉一块，再钻进瓶内躲在花瓣下，等你把花瓶弄回来。”唐一渡关心地问墨不白：“你不舒服吗？”墨不白笑笑：“也没什么，在里面待的时间长了，觉得憋闷难受，现在好了。你先把作战计划交给你的上级，回来时再弄点吃的，我可饿坏了。”

唐一渡出去后很快回来，并且弄了一桌吃的东西，还有两瓶酒。他给墨不白满满倒上一大杯，说：“你立了奇功，这是庆功酒，我代表抗日队伍敬你一杯。”墨不白摇头：“我向来不喝酒。”唐一渡高兴过了头儿，强劝说：“平日可以不喝，今日不能不喝。”说着将酒杯送到墨不白的唇边，墨不白才要推开，但看到唐一渡火热明亮的眼神，不由接过那满满的一杯酒，喝了个点滴不剩。唐一渡又倒了一杯，墨不白坚拒：“再喝就没命了，酒是我们练缩骨术的大忌。”唐一渡遂罢。

那份作战计划被复印后，又送到了唐一渡手里，上级指示要尽快想办法把它放回原处，不要打草惊蛇致使敌人改变行动。

唐一渡把这个临时决定告诉墨不白时，墨不白还在酒精的微醺之中，沉默了一会儿，勉强答应，黯然拿出一小瓶药粉递给唐一渡：“收好它，若有意外，你一定按我的要求去做。”

花瓶修复好后给田中信太郎送了去，田中信太郎看了很满意。奇怪的是花瓶仅隔了一夜又掉下一块来，田中信太郎沮丧地再次把花瓶交给唐一渡修复。

唐一渡高兴地拍着花瓶说：“大功臣，请出来吧，我能在这儿看看你那神奇的缩骨术吗？”瓶中的墨不白虚弱地说：“真没什么好看的，变形既丑陋又恐怖，我宁愿你看我裸体，也不愿意你看我这缩骨术。”唐一渡只好说：“那我出去了。”由于听出墨不白声音虚弱，唐一渡实在不放心，走到门边就悄悄地站住了。他听得瓶内有声，也看见花瓣给顶得涌出来，几乎以为墨不白眨眼就出来了，可那些花瓣又落回了瓶内，墨不白好像在瓶内苦苦挣扎，却无法挣脱出来。唐一渡看出了情况不妙，丢开墨不白的忌讳，奔到瓶边焦急地问：“你怎么了？”瓶中传出虚弱的声音：“我感觉情况不好。”唐一渡惶恐无策：“我把这瓶砸开！”瓶中人已经精疲力竭了：“砸开我也恢复不了原形，你愿意看见一摊丑陋的肉泥？那比要我死还难受！”唐一渡五内如焚：“你要我怎么帮你啊？”瓶中发出的声音细若游丝：“别紧张，让我休息一下。”唐一渡不敢出声，过了许久，瓶中说：“我给你的那瓶药粉还有吗？”唐一渡急忙从怀中拿出小瓶说：“有，有。”瓶中又不说话了。唐一渡惶急地问：“它能帮你出来吗？”又过了一会儿，瓶中叹气般说：“它能帮我在你心里保持一个完美的形象。你先清去花瓣，再把药粉全撒进来，然后你出去一个时辰，中间千万不要进来。”唐一渡清出花瓣，就看见瓶内有团肉块，不忍多看，慌慌张张撒下药粉就出去了。

一个时辰过去，唐一渡急不可耐地进来，屋内不见墨不白，急看瓶内，只有半瓶多汤汁样的脓水。唐一渡遭雷击一样跌坐在地上，他想起了江湖上至毒的化尸粉，莫非他撒进去的就是化尸粉？

两天后，日军大规模的行动遭到了抗日队伍毁灭性的打击。

若干年后，唐一渡从一个见多识广的武林老前辈那儿知道，练缩骨术的人最忌讳喝酒，怕酒麻痹神经不能自由伸缩，就算缩骨术练到超凡入化的境界，也怕酒后三番五次缩身出入瓶中，终会无法复原而困囿瓶内。所以练缩骨术的人，往往随身带着一小瓶化尸粉，等什么时候失手成为一摊肉泥无望复原时，就只有求诸化尸粉消匿形迹了。

向来喜欢纵酒豪饮的唐一渡，遂终身戒酒，至死点滴不沾。

寒 阳 驿

李 浩

遂州北进四十里，有驿馆谓之寒阳，位于千里古蜀道上。往来京师与川内者，不论达官显贵，还是贩夫走卒，多会于此。三教九流，龙蛇混杂，乃川中一繁华之地也。

谁想康乾盛世，竟出了杀人越货之徒，时有秦贾广客，神秘失踪于此。其家人皆言，失踪前多宿于寒阳驿，官府百般侦缉，久不能获，一时人心惶惶。

遂州有卖花者，经年往返梓、遂二州，常宿于此，却未见其损伤毫发。其大言不惭："吾天生命硬，歹徒岂奈我何？"

惊蛰将近，有遂州盐商二人，携巨资自梓州返，途遇卖花者，谈及寒阳驿之怪事，卖花者坦言："此多为凡夫俗子杜撰，吾长年宿此，皆无事。"二盐商喜，邀其同往，共宿于驿馆西厢房内。

卖花者挑两只大木箱，甚沉，内不知何物。入得室内，二盐商靠里铺就寝，卖花者临门而眠。

收拾停当，三人往后厅就餐，内已有一卖沙壶者同一占卜盲叟同饮，相询得知二人于东厢房住宿。盐商谓众人同馆共宿，实乃前世有缘，嘱酒家多备了菜肴，一同用膳。

是夜，月明星稀。

至三更天，盲叟内急，悄然入厕，返回东厢房正要入睡，猛然听得西厢房内有利斧劈物之声，继而有人呻吟，随即又悄然无声，寂静如常。

盲叟凝神谛听良久，又闻西厢房内有声，心中甚是惊疑，悄声呼卖壶者，言己所疑。卖壶者睡眼蒙眬，闻听老叟所言，甚是惊讶，亦附壁聆听，隔壁唯鼾声耳。盲叟坚信自己所闻，对其曰："吾故意摔碎君之沙壶，君即起床与吾大声争吵，高声喧哗，以观其变如何？"

卖壶者点头称是。

盲叟将一壶掼于地，砰然有声，卖壶者大声责之。

西厢房三人闻此喧哗，果拥被而出。夜黑不辨面容，唯三人而已。

盲叟与卖壶者争之激烈。叟曰："吾所携之钱尽失矣。"

三人皆指责贩沙壶之人，要其速还与盲叟。

卖壶者佯装不服，扭住老叟欲殴。

一馆旅客皆醒，骂者有之，劝者亦有之。众人燃烛照明，声言搜查贩壶者。然查无所获。

盲叟大哭："吾无目且一贫如洗，卖卜积得四两银，实属不易。今夜遭窃，除卖壶者外，邻近之西厢客亦甚为可疑，望众客官协而查之。"

西厢三人齐声叱之："吾辈好言相劝你二人，不知为何反诬我等？"

盲叟曰："凡宿此驿馆者，皆有嫌疑。不悉数搜寻，吾必以死相搏，誓不出此门中！"驿馆主人此时亦往，甚怜老叟，又恐馆内节外生枝闹出人命，遂婉言相劝西厢三人，启箱以释盲叟。

三人自不同意，申言其失窃与己无关。言辞间，神色甚是仓皇，众旅者益发怀疑，谓盲叟之钱必为三人所盗。

馆主见三人不肯，尽集驿馆数十人，强启其箱。内有油纸包裹，血渍皎然。馆主亲解包裹，裹内二盐商已毙解矣。

卖花者大惊失色，瘫痪于地。

原来，卖花者即失踪诸人之罪魁也，其常以卖花为名，往返梓、遂二州间，遇有"肥羊"者，必想方设法与之同宿。两只大木箱，每箱预藏同谋各一，待同宿"肥羊"熟睡，唤同谋出而砍杀之，再分解置于箱中，待晓早早起程，人数相同，驿馆伙计必不疑也。

十年间，贼以此法，杀戮数十人矣！不想因占卜盲叟，败露遭捕。

占卜盲叟者，遂州名捕陈豫川是也。

墨·箭·荷花

张尔工

刘锜是个射箭者。在他之前，有个后羿，弯弓射下九颗太阳，也有人说那不过是九只红色的大鸟。还有个陈尧咨，能射吊起来的铜钱，结果被卖油翁奚落了一顿。再就是刘锜了。他看上去一点都不像个射箭的人，生着一张白净的脸孔，宛如一朵温润的白荷花。有一次他一箭射穿了一口瓦缸，缸内的水迸射而出，他搭弓又射出一箭，结果将激射而出的水又给堵了回去。

箭射得这么好，可还偏要染指笔砚。刘锜的书法，大型刻帖《凤墅续帖》中，收录了他的两帧手札墨迹，一为《湘中帖》，另一为《分阃帖》。秦桧曾问刘锜："书法所宗何家？"刘锜说："取颜鲁公笔势，而神韵在蔡襄、苏轼之间！"秦桧听了，半晌没有言语。一些文雅士看过刘锜的书法，都模棱两可地说："这是名将的书法！"若干年后，有一个人站出来对这种观点进行了驳斥，他就是岳飞的孙子岳珂，《桯史》的作者。他说："什么名将书法！即使置于卿士笔札之列，也毫不逊色！"

说过这句话之后，岳珂陷入了沉思。他想到了他的爷爷岳飞。他的爷爷岳飞落到那样悲惨的结局，曾令他数度怀疑，一切都与爷爷的诗词和书法有关！是爷爷的诗词和书法引起了宋高宗及秦桧深深的嫉恨，坊间已经有了"撼山易，撼岳家军难"的至高评价，（难道这还不够吗？）你岳飞的书法与诗词却又写得那么气吞山河！这让官家情何以堪？令卿士颜面何在？在他们看来，弯弓射箭的武将就不该染指翰墨！

金兵的铁骑踏碎了宋朝的东京梦华。挥师攻陷繁华帝都后，金兵三万进攻顺昌，而这个时候驻扎顺昌的就是刘锜，他的手下只有三千军士。一些人为此忧心忡忡，有的兵丁甚至露出了怯意，建议及早乘船从颍河水路遁逃。刘锜将军士们集合在颍河岸边，当着大家的面让人凿沉了全部的船只，又把自己和部将们的家眷集中到一座寺庙里，每一间房子的周围都堆满干柴，泼上桐油，派亲兵把守。然后，他高声喊道，如果城池失守，就从他亲眷住的地方点燃干柴，绝不能让一家眷属落入金兵之手，那样必饱受凌辱，生不如死！军士们明白了，只有将脑袋别在腰带上去，才会看到一线的生机！

这次战斗刘锜采用了箭阵术，这是他的拿手戏。金兵还在攻打东京的时候，刘锜就算准了东京一旦被攻克，接下来必定来进犯顺昌。因此他令兵丁在离城十步远的外沿又筑起一道羊马垣（也叫羊马墙，一种北方冬天常见的御敌工事），坚厚如黄河堤岸，在后面布下兵阵，并在垣上挖出一个个洞穴。金兵大军压境，箭矢如雨。可射出的箭不是射在了羊马垣上，就是从垣上飞过去射到了城墙上，全如泥牛入海。金兵大惊失色，正疑惑间，刘锜令旗挥动，城墙上、垣洞里，破敌弓（可连发）、神臂弓、雷公弩（一种强弩），万箭齐发，金兵像蝗虫一般纷纷落马。金兵统帅被射成了箭刺猬，傲慢的鲜血染红了每一寸战袍。

一个时期里，刘锜成了金兵谈论中的凶神恶煞，甚至金兵中立下了一条军规，如果行军途中谁要是提到刘锜的名字，就以军法处置，砍头以儆效尤。他的威名还远播西夏，“刘都护（刘锜曾任这个官职）”这三个字成了西夏妇女们吓唬啼哭小孩子的咒符：“再哭，让刘都护把你抓走！”但是，在京城，刘锜开始受到冷落。

不久，刘锜被罢官。罢官的原因竟然是因为一幅墨迹手卷。这幅手卷上面收录了刘锜的五首诗歌，全是行书体。其中的《题村舍二首》是写给老朋友蒋德瞻的，另外三首抒发了自己抗金生涯中的诸多感慨，合乎儒家之道。手卷书法笔力遒健，法相庄严，有凛然不可亵玩气象。但有人却予以曲解，向朝廷告发说刘锜居功自傲，诗和书法中蕴含一种悲愤之情，影射朝廷昏庸，不能选贤任能。秦桧对这封告密信大感兴趣，连夜写了一道奏章，说：“武将不专心战事，却去大吟风月，醉心雕虫小技，若此风滋长，国家堪忧！”

一句话让刘锜丢了官职。挂印归隐后的刘锜选择在昭山定居，这里远离了战火，树木葱茏，涧水清幽，有众多鸟儿在枝头鸣叫。起初，刘锜想租一座院落居住，可一摸腰包，囊中羞涩，便苦笑着作罢。他在当地友人的帮助下，在昭山脚下盖起了三间草堂，除了一个书案、一把伴随着他征战疆场的长弓外，可以说家徒四壁了。刘锜带领家人在草堂的旁边挖了半亩方塘，遍栽荷花。刘锜想，余生能与荷为伴，也就知足了！

刘锜喜欢喝杯酒，但不多喝。有一天，他走进一家山村小酒馆，要了一壶农家烧酒、两碟时令的果子，自斟自酌起来。可等结账的时候，才发现一个铜钱都没有带。他赔着笑脸给店家解释，店家却冷眼打量着他，说：“我不知道你是谁。但脸那样的白，看上去就像奸人！”走出小酒馆，刘锜叹道：“百万番人，只如等闲，如今却被看成了小混混儿！”他回到草堂的时候，心下便释然了。他挥毫填了一首《鹧鸪天》：“竹引牵牛满花街。疏篱茅舍月光筛。琉璃盏内茅柴酒，白玉盘中簇豆梅。休懊恼，且开怀。平生赢得笑颜开。三千里地无知己，十万军中挂印来。”这是他当时的感触。

不久，朝廷重新起用了刘锜，但只是让他做了个提举万寿观的闲职，借居在建康都亭驿。一个阴雨连绵的中午，都亭驿留守找到他，让他即日搬到试院去，因为金朝的议和使者就要到了。建康试院已经很久没有举行科考，想必已经破败不堪了，还能住人吗？留守告诉他，会清扫洒水以待。可是，刘锜携带着家眷来到试院的时候，秋雷在头顶炸响，整个试院污秽不堪，人、鸡、猪、狗的粪便充斥着每一个角落，在泥水的搅拌下，臭气熏天，发着或绿或黄或赤的幽光。刘锜落下了眼泪，旧疾复发，喷吐一口鲜血。回到昭山草堂后，刘锜连吐血三天而亡。

若干年后，文雅士李见玄游历到了昭山，住进了刘锜草堂。李见玄痴迷翰墨，他想在这清幽的去处苦心临池。可是他夜里总是梦见一个身穿盔甲的将军，坐在窗前磨墨，然后挥毫。奇怪的是，笔落到纸上，却成了滴滴血痕，最后是满满一纸的鲜血梅花。李见玄觉得这里面一定有一个鲜为人知的秘密。他想解开这个谜。夜夜都做同一个梦，做得他心惊肉跳。他害怕了，谜没有解开，人却日见消瘦和憔悴。

李见玄去紫云观拜见道长，说面对一池荷花，做的却怎么都是噩梦？道长沉思良久，一脸郑重地告诉他：“这是你的一块心病，只有投笔从戎才能化解！”

最后一颗子弹

奚同发

谁也没想到，高大而茂密的林子间竟然有那么一片绿草如茵的空地。刑警吴一枪就是在那片林子里与最后一名嫌犯狭路相逢的。这之前，吴一枪已追赶嫌犯一整晚。那里树密山高，与战友已失去联系的他只能孤军作战。

黎明时分，林子间还缭绕着一团团带状的雾气，相距不足百米歇息的两人几乎同时发现了对方。嫌犯起身就跑，吴一枪则抢先对天空鸣枪，警告对方“站住”。吴一枪心里明白，刚才自己打的那一枪，是枪里的最后一颗子弹。

这个犯罪团伙的小头目浑身一阵战栗，随着吴一枪的喝令立即钉在林子间那片空地的中央，却并没有按吴一枪的命令把枪扔掉，而是发出一阵哈哈的大笑声。吴一枪心里一惊，看着嫌犯慢慢地转过身来与他相对而视，并用手中的枪对准他。嫌犯脸上挂着绝处逢生的笑容，声音沙哑地说：“枪神，可惜你没子弹了……”

吴一枪不动声色，只是用枪准确地指向对方。别说只有 20 米左右这么近的距离，凭手中这支用了几年的 64 式手枪，只要在 50 米以内任何点上，吴一枪都可以毫无悬念地撂倒对方。要不怎么叫“吴一枪”呢！他是有名的神枪手，不仅在公安内部，就连歹徒们都称他“枪神”。谁要是与他遭遇，一般是不敢对射的。

吴一枪望着对方有些慌乱的眼神，轻声说：“你很清楚，我们两人此时枪里都只剩最后一颗子弹……那么，让我们较量一下枪的准头吧！”

"嘿嘿嘿……不可能！我计算了你的子弹。你昨晚四次对天鸣枪，两次开枪打伤我的兄弟。刚才是你第七次鸣枪，也是你枪里的最后一颗子弹。嘿嘿嘿……没想到吧，枪神今天要死在我的手里啦……"嫌犯虽然满脸狰狞，却流露出一丝令人难以察觉的心虚。这都没有逃过吴一枪敏锐的眼神。

"是吗？那么，我们来数一二三开枪。"吴一枪轻松而镇定地说。他的右臂有力而笔直地举着，黑洞洞的 7.62 毫米枪口坚定地指向对方。

嫌犯身子向后一倾，说："不可能！别骗人啦……你的枪里根本没有子弹……"

"放下武器！这是我最后一次警告你。否则，你，将是我职业生涯中第一个被现场击毙的嫌犯！"吴一枪的脸上写满了自信，一字一顿清晰地说。

这一点几乎众所周知：因为百发百中，吴一枪追捕嫌犯时一般只枪击对方的手腕、腿或其他并不致命的部位。这句话刚出口，吴一枪感到对方全身打了一个激灵。

嫌犯紧盯着吴一枪，慢慢地抬起有些发抖的左手，双手握紧那支沾着泥草晨露的手枪，他似乎看到吴一枪眼里另一个人举枪的影子。

吴一枪纹丝不动，只是双眼匕首般地刺向对方。此时，他把全身的力量都贯注在自己那双并不算大的眼睛上。作为一名经验丰富的刑警，平时训练要"准"，实战则要"快"，这是一条铁律，必须出枪快、发射快。对射时，聚精会神，枪人合一。而这些对于吴一枪来说，是有过血的教训的。那次缉毒战，因为心里想着身后有记者，就想把枪打得漂亮一些，动作也潇洒一些，在甩手射中屋顶一名歹徒的小腿的同时，稍一迟疑，比右侧窗口的另一歹徒开枪晚了一瞬，对方枪响之后，一位老刑警为掩护他而中弹，扑倒在他的肩头……

"二……"声音洪亮、坚定而自信地穿透林间，一名刑警与一个嫌犯共同进行着一场你死我活的较量。

在以往的刑警生涯中，吴一枪曾遇到过各种情形，像今天这样还是头一次。他记着嫌犯昨夜慌乱中开枪的次数，可以准确地断定对方枪中只剩最后一颗子弹，而自己的枪里却没了子弹。如此近的距离，就形成了一种空前的赌局，是赌就有赢有输，他赢得起，当然也输得起。没了后路的吴一枪特别想把射击动作做得完美一些。上一次因为追求完美和动作漂亮让同事献出了生命，现在，他还是希望自己在嫌犯面前能够完成一次真正意义上的完美绝唱……

吴一枪嘴角挂着微笑——就让这不易察觉的微笑永远留存在自己的脸上吧。同时，他注意到，对方枪口明显地虚晃了一下，额头浸出一层亮闪闪的白色，一滴汗珠清晰地从鬓角先慢后加速地滑过脸颊。

“三！”吴一枪在身后的一束阳光突然射向林子间空地的一刹那，斩钉截铁地大喝一声，就像刚才命令对方“站住”那样威严有力，声震长空。

“叭……”枪声清脆地回响在林间山谷。

嫌犯匍匐向前，一头栽倒……

子弹一声呼啸从吴一枪的头顶飞过——在吴一枪发出“三”的同时，嫌犯全身披着迎面而来的阳光，竟然再次打了一个激灵，扳动扳机后，子弹打飞了。

吴一枪迅速跃向对方，以迅雷不及掩耳之势反铐住对方的双手。令他吃惊的是，对方竟没有任何反应。用手枪拨过来嫌犯那沾着草屑露水的脸，吴一枪才发现，嫌犯已没了呼吸。

事后法医检查发现，嫌犯因过度紧张造成大脑和心脏缺血，病变的心脏收缩得像石块一样坚硬，苦胆也迸裂了……

神 刀

张望朝

天上的云垂在刑场上空，看杀人。天地都阴森森的。

受刑的是韩大脖子。韩大脖子却在笑。

行刑的是神刀铁五。也只能是铁五。铁五是这一带头号刽子手。砍韩大脖子，除了铁五，别人都不够格。

三声追魂炮响过，监斩官喊了声："开斩——"

观斩的百姓们马上觉着后脖梗儿冒凉风，韩大脖子却还在笑。铁五缓缓提起鬼头大刀。刀光一闪。

韩大脖子依然在笑。

铁五横端鬼头大刀，看了看刀口，朗声说了句："好硬的脖子！"刀口被硌出个豁儿。

铁五径直奔向监斩官，单膝点地跪下，道："行刑已毕，请大人验刑。"监斩官欠了欠身子，看见了刀口上的豁儿，阴冷地哼出一句话："囚犯未死，怎说行刑已毕？"

铁五一挑粗眉，道："大人容禀。判词上说得明白，韩犯当受一刀之刑，这一刀之刑不是凌迟，也不是五马分尸。小人一刀已然砍过，若再砍第二刀，岂不违了大清律法？只怪小人手笨刀钝……"

监斩官森然一笑，道："听说你在江湖之上号称神刀五爷？"

铁五垂首道："徒有虚名，惭愧。"

监斩官道："从今往后，这'神刀'二字，就去了吧。啊？哈哈……"

酒楼。

韩大脖子请神刀铁五喝酒。

韩大脖子说天津话，道："五爷，知道我为嘛请你喝酒吗？"

铁五不管他为嘛，只顾啃肘子。

韩大脖子道："为报答你没砍我第二刀？明跟你说，县太爷、监斩官那儿，我早花钱打点好啦。你想再砍一刀也没门儿！"

铁五道："就算他想让老子再砍一刀也没门儿。老子砍谁也不砍革命党。"又啃肘子。

"嘛？革命党？"韩大脖子一咧嘴，"嘛革命党啊？俺韩某人就是个江洋大盗，嘛革命党啊？不过是给革命党押过一回军火罢了，那是笔买卖，人家钱花到啦。嘛叫革命？啊？你说嘛叫革命？"

铁五吐出一块肘子肉，道："那……那你请我喝酒干吗？"

韩大脖子道："交个朋友嘛！说实话，五爷，你那刀法，江湖少有，韩某人点名请你主刀，就是要试试你的刀法厉害还是我的铁衫功厉害。也就是我韩大脖子，换个主儿，脑袋早让五爷你给挪地界儿啦！哈哈……"

铁五忽觉有点反胃，想吐。

后来韩大脖子又生了事端：把一流浪卖唱女子骗到家中，先奸后杀卸成八块四下扔了，扔大腿时，夜路上与县衙捕头撞了个满怀，于是败露。花了笔巨款上下一打点，韩大脖子又被判处"一刀之刑"，行刑者又是铁五。

韩大脖子又在笑。刀光一闪。铁五提着没沾半点儿血丝的鬼头大刀径直奔向监斩官："行刑已毕。"

韩大脖子依然在笑。监斩官瞄了一眼铁五横在头上的鬼头大刀，拖着官腔哼道："这回还不错，没让人家的脖子硌豁了你的刀。"

看热闹的百姓都骂："什么世道！"正待作鸟兽散，忽见韩大脖子的脑袋缓缓从脖子上移开，刹那间那一脸欢笑变成一脸惊恐，"咣当"一声，头已落地，"呼"的一下满腔子血喷将出来，鲜花骤然盛开一般。

监斩官顶戴花翎突的一抖，一脸阴笑立时僵住。

铁五单膝点地，双手横刀，一动不动。

“神刀！果然神刀！”百姓齐声喝彩。

癞马传奇

申　平

王成准备救那匹马的时候，南宋的天空残阳如血。

这时他的战友祝星对他喊："你不要命了！金兵就在后面……"

王成往前走了几步，他似乎听见那马低低地悲鸣了一声，他就停下来说："不行，还是救救它吧，咋能见死不救呢！"

这马，已经不像一匹马了。它瘦骨嶙峋，全身长癞，屁股上血肉翻出，正有几只乌鸦在上面啄食。看样子，它就要站不住了。

祝星瞪了王成一眼："救这么一匹癞马，值吗？要救你救，我先走了！"

半年以后，王成所在部队多了一匹人见人夸的战马。但是它的名字却很怪：癞马。和它的名字一样怪的还有它的性格：它不肯和其他马匹在一起吃草，下河洗澡，别的战马都由主人骑着下水，只有它要自己下水。

这天，祝星家里有事，偏偏他的马又病了，他就对王成说："把你的癞马借我骑下吧。"王成说，好。祝星费了九牛二虎之力，却无法骑上癞马，十几个人帮忙都不行。那马前扒后踢，吼声如雷，谁也休想靠近。最后王成走过来说："算了，还是我替你跑一趟吧。"只听他打了一声呼哨，癞马立刻安静下来。王成纵身上马，马镫一磕，癞马箭也似的射了出去，几十里山路，转眼打了个来回。

又要和金兵开仗了。王成骑着癞马随部队再次来到边关，再次看到了金人的旗帜。王成的鼻孔里，似乎已经嗅到了几丝死亡的气息。

鼓声震天，杀声遍地，两边的马队开始冲锋了。癞马驮着王成，一马当先冲在前面。王成挥舞长枪，一连刺翻了几个金兵。可是很不幸，他们冲得太靠前了，几个金兵围上来，将王成也刺于马下。这一仗，宋军再次败退。

金兵打扫战场的时候，看到了感人的一幕：宋军的一匹战马守着一个战死的士兵跑地悲鸣。金兵在啧啧称赞之余，把它拉回了军营。但是它不吃不喝，更不让人骑。消息传到金兵主帅哈日胡那里，他亲自过来察看。一见那马，他立即喊了一声："好马啊！"他屏退左右，走上前对马说："我知道你是一匹宝马，非常忠于主人。可是你的主人已经战死了。你如果肯为我服务，我就厚葬你的主人，给你最好的待遇……"

说也奇怪，癞马听了哈日胡这番话，仔细看了他几眼，竟然安静下来，而且俯首帖耳地被哈日胡牵走了。哈日胡作战胜利，又得良驹，高兴得手舞足蹈，放言数月之内灭掉宋军。

哈日胡果然说话算数，他厚葬了王成，又把癞马养在最好的马厩里，喂的是煮豆子和煮小米，洗澡用泉水，精心修剪鬃毛，马鞍以金子和玉做成，装扮起来，癞马变得非常漂亮。哈日胡经常骑着它外出视察，前进、倒退、转弯，那马对他的口令心领神会。营中有宋军俘虏，认得这是王成的癞马，纷纷叹息："畜生就是畜生，哪里有半点儿良心啊！"

却说宋军首战失利，挫了锐气，便在山上扎营，多日不敢应战。这天哈日胡骑着他的宝马，耀武扬威来到军前骂阵。他对宋军喊："识时务者快快投降，否则将你等踏为齑粉！"

就在这时，谁也想不到的一幕发生了。突听哈日胡座下的癞马一声长嘶，它奋起四蹄，直朝宋军营寨冲来。它迅疾如风，宛如一道黑色的闪电，就那么驮着金兵主帅冲向宋军鹿砦。哈日胡反应过来，在马上拼命喊叫勒缰，可是那马越跑越快，根本就不理他。哈日胡只好抽出弯刀往马脖子和马头上乱砍，霎时血流如注。但是癞马并不停留，只管向前冲着、冲着……

起初，宋军也没弄清怎么回事，直到守门的祝星大喊："哎呀，这是王成的马啊，快放它进来！"大家才知道这是癞马在替主人报仇呢。大家赶快移开鹿砦，将这一人一马放了进来，祝星等人一拥而上，硬是活捉了金兵主帅。宋军主帅立即下令："全线出击！"大军洪水般杀出，朝金兵冲去。失去主帅的金兵乱作一团，大败而逃……

却说癞马进了宋营，便一头栽倒，奄奄一息。但是它却总有一口气不肯咽下，直到祝星上前说："癞马，你放心去吧。你死后，我会把你和王成合葬在一起的。"癞马这才停止了呼吸。

战后，宋军从主帅到士兵多人受到嘉奖，祝星更是因活捉金兵主帅而连升三级。可是癞马却无人提起，它默默地被人掩埋了。

南宋的天空残阳如血。

陈州饭庄

孙方友

陈州是古城，饭庄自然不少，但最负盛名的，是十字街口处的“一品斋”。“一品斋”诞生于民国初年，盛极一时。只可惜，在陈州沦陷那一年，不幸遭日机轰炸而破产。

“一品斋”的老板姓金，叫金聚泰，原籍河北德州，十二岁时，丧失了父母，被亲朋送入保定一家赫赫有名的高级饭店当学徒。出师后，曾给清末某王爷当厨师，后随厘税局袁世凯的后裔袁文焕辗转来豫。不久，人家告老还乡回了项城，他却携眷流落陈州。在邻人的热情帮助下，请人集资，开设了小小的“一品斋”饭庄。

金师傅开业时，就请师徒十数人。后来规模日益扩大，相公（注：旧时中原地区对学徒的戏称）多达数十人。饭庄为两进庭院，房屋数十间，席位百数座，经营的饭菜有可口小吃，有如意大餐，还有山珍海味，以及相当考究的各种丰盛宴席。由于饭菜可口物美价廉服务周到，“一品斋”天天门庭若市，座无虚席。寒冬炎夏，“一品斋”还常常为顾客送佳肴上门。

不久，金聚泰就发了财。

发了财的金聚泰仍是很俭朴，为人敦厚谦逊，而且爱做善事。每日歇业之时，他均要把当天收下来的残羹剩菜再掺些米饭加以调和烩煮，热腾腾、香喷喷地供给数十名乞讨者，让他们也暖暖饥腹，安度寒夜。

所以，每天夜晚，“一品斋”的周围经常聚集着一些蓬头垢面的乞丐。这些乞丐也讲义气，喝了金老板的热汤，从不得便宜就走，而是自动轮班为“一品斋”护夜。

虽然“一品斋”经常为顾客送佳肴上门，但有时候也是万般无奈的事情。一般要求送佳肴上门者，多是豪门权贵。这些人吃了喝了，并不当即给钱，而是记账。老账摞新账，时间一长就不是一个小数目。要账是很难堪的事情，越难要累计越多，慢慢就成了恶性循环。金聚泰是外地人，又不敢得罪权贵。尤其是县政府，前任的账还没还清，后任又开始叫菜记账了。更怕后任接印不接账，变成账面有钱实际空的假象。这样赊来欠去，本来极红火的买卖，资金周转艰难，慢慢竟有垮台之趋势。万般无奈，金老板只得亲自去讨账。

这一天，金老板去一家豪门讨账，因主人外出赴宴了，等了许久才见到主人，回来时天色已晚。没想到还未走进“一品斋”，一群乞丐却像见到救星一般迎了上去。原来饭店正准备打烊，金老板不回来，店里是不会有人把剩菜残饭给他们烩汤喝的。一个年老的乞丐望着金聚泰，动情地说：“金老板，这大冷的天，若没你施舍，我们怕是连命都难保呀。”

金聚泰等了一下午没要到分文，想想向人家讨账时的心情与这些乞丐没有什么两样，禁不住长叹一声，对众乞丐说：“不瞒诸位，饭店外欠账若是要不回来，怕是这碗残羹剩菜汤你们也难以喝到了。”

众乞丐一听，都禁不住呆了，因为那位老乞丐刚才已说出了大伙的心里话。时至寒冬，又遇荒年，若每天没晚上这顿热汤垫底，怕是连生命都难以保障！乞丐们说：“金先生，若饭店一倒，我们就没了活路；你平时常救济我们，眼下你有了难处，只要有用得着俺们的地方你就说一声。”金聚泰听了这话，眼睛顿时一亮，对乞丐们说：“诸位若能帮我讨回欠账，这饭店就不会倒闭，就怕你们不愿与我合作。”

“哪里话？”众乞丐激动地齐声说道，“你平日待我们恁好，怎能忘恩负义？养兵千日，用兵一时，只要能帮你讨回欠账，就等于俺们各人捡了一条活命，岂有不干之理？”

金聚泰一听，禁不住击了一下掌，说：“先吃饱再说。”说完走进店里，把剩菜集在一起，又特意多掺了些米，烩了一大锅，对众乞丐说：“今儿个管大伙吃饱，一锅不够再来一锅。”

饥饿的乞丐很久没吃过饱饭，逢此良机，怎能错过，直直吃了个天昏地暗。由于乞丐们长期饥饿，肠子薄如纸，如此暴食，没等天明，就撑死了两个。“一品斋”门前挨着停放两具尸体，上面覆盖着破草苫，样子很凄惨。

金聚泰一见此状，痛呼苍天，他说原想请乞丐们饱餐一顿帮他讨账，没想到竟撑死了人，这真是好心办了坏事。那老乞丐一改面孔，六亲不认，恩将仇报地带领数名乞丐坐在“一品斋”门前闹事，要求金老板厚葬死者，包赔大洋多少多少，数目很吓人，如若不给，那就告官。消息很快传遍了陈州城。

万般无奈，金聚泰只得求助于债户。听说出了人命，各债户再不好意思赖账，不到一天，欠“一品斋”的外账就基本结清了。

这时候，金聚泰笑了，朝那老乞丐与装死的两个乞儿拱手施礼，感激万分地说：“感谢诸位让‘一品斋’绝处逢生。”

人们这时才明白，金聚泰原来是演了一出讨账戏。后来有人也想试一回，没想到乞丐们要价极高，那人不解地问：“金老板只管了你们一顿饱饭，你们为何如此卖力？”乞丐们说：“金老板行善一生，并没什么目的，无目的中的，是善根所获，这是用钱买不到的。”

据传金聚泰死于 1934 年。埋葬金老板时，光送葬的乞丐就有几百人。

益宛银号

孙方友

很早的时候，赵祥在周口“和顺”银炉学铸银。由于他同经理王星元是亲戚，经常受托代办银炉业务。当时大量沪盐进入中原，盐业每天都有大批课银铸成元宝交送银行。赵祥在代办银炉业务中就显示出了他的手艺和才能，受到周口银庄掌柜的赏识，应邀到陈州开办银号，为银庄铸银。后来，赵祥又通过周口银庄掌柜结识了陈州金融界名人董宪兴和陈州政界一些要人，建立了“益宛”银号。

赵祥给人的印象是性格耿直，向不负人，兴办益宛银号，实现了他的夙愿。他通过提高铸银质量，建立信誉。在他亲自掌控下，益宛银号铸宝的质量是当时陈州、周口多家银炉中最好的，争得了大量的铸宝业务。据说，益宛银号当时在陈州开五盘银炉，每盘每日铸银三千两，总计每天铸银达一万五千两。除获取加工费外，还有“过往银”贷出的利息，获利很是可观。

不久，赵祥就成了陈州首富。

铸宝，就是将零碎银铸成元宝，八两、十六两、三十二两、四十八两不等，便于保存和流动。“过往银”是利用时间差赚取的收益，如你铸三千两银，本可当天取货，但不让你取，说需三天方可铸好，于是，三千两银便可放贷两天。也就是说，“过往银”如水般从银号里流过，总要沉淀一些东西。这“沉淀”，就是银号所赚了。

益宛银号发财快的原因除此以外，还有一条重要途径，就是干黑活。

所谓黑活，就是翻铸匪或盗偷取的官府的银子。一般官银，上面多打有戳记，多是赈灾或兴修水利的专用银，就是盗得也不好在市面上流通。为把死钱变活，强盗们就寻银炉把银翻铸一回，由大变小。干这种活儿很危险，被抓住了要与匪同罪，一齐被砍脑袋，但抓不住就可以暴富。因为这种银利大，一般都是三七开。当然，官府也不是吃干饭的，一旦发现银库被盗，首先要查周围的银炉，警告银匠们要严防有人来铸官银，知情不报者，斩！

但人为财死，鸟为食亡，尽管如此，仍有人铤而走险。

赵祥就是其中一员。

赵祥干黑活有三条规矩：一是不铸“热银”，意思就是刚盗的银子险大，价再高也不接。二是不小打小闹，也就是说点点滴滴的他不干。他说铸十两是杀头，铸万两也是杀头，何必小打小闹惹是非？这是拿性命做赌注的险活儿，决不能儿戏。三是干活认人，专挑那些有本领的江洋大盗，而且人数极有限，怕的是事情败露后受到牵连。原因是人少易保密，属单线联系，加上大盗有大规矩，虽不是英雄也不是豪杰，但讲义气，不会轻易供出帮助过他的人。

经常让赵祥铸银的有一个姓林的大盗，叫林豹子。林豹子专偷官府，盗得官银之后并不急着出手，多是等到风头过后再让赵祥重铸。这当然不容易被发现，所以赵祥也愿意与他合作。

赵祥和林豹子一联手就是七八年。赵祥成全了林豹子，林豹子也使赵祥很快成了陈州首富。只是干这种黑活虽然捞钱快，但毕竟提心吊胆。人穷想发财时可能会不择手段，但发财之后就想当正人君子了。赵祥也不免俗，发财后一心想洗手，当个正经金融家，谋个社会地位。当然，他也十分明白，上贼船容易下贼船难，解铃还得系铃人。于是，他暗地里与林豹子约会，说了自己的想法，并许诺说如果林贤弟也肯金盆洗手，日后的生活费用全由益宛银号承担。不想林豹子听后冷笑一声，说：“赵兄一直在暗处，发了黑财仍然可以出头露面，出入于上流社会，而我林某从做匪那一天起就没了退路，并在官府挂号已久，就是金盆洗手了仍要东躲西藏，过不得一天安生日子。如若放下武器，等于束手就擒，还不如手中有枪有刀有矛地过个痛快！”赵祥见劝不醒林豹子，只好摊牌说：“贤弟若仍想发黑财，愚兄不勉强，你只有另请高明了！”林豹子也是义气之士，听赵祥要改邪归正，双手一拱道：“既然如此，你就走你的阳关道，我走我的独木桥！”赵祥见林豹子如此爽快，很是出乎意料，急忙施礼道：“日后贤弟若有用我之处，我定会两肋插刀，在所不辞！”

就这样，二人分道扬镳了。

赵祥一洗手，心里没有了负担，顿觉处处是阳光，对前途充满了信心。凭借自己的实力和影响，他很快就当上了陈州商务会会长。不想正在他春风得意之时，突然发生了令他胆战心惊的事。

令赵祥胆战心惊的事情当然还是铸黑银。因为近期官府一连抓住了几个盗贼，这些盗贼并不像他想象中那样讲义气，而是刚一抓住就供出了当初为他们铸过赃银的银号老板。一时间，血染刑场，周口、陈州、界首一带的银号老板们提心吊胆，全都变了脸色。

为此，赵祥也就极担心林豹子的安危。当然，为林豹子担心归根结底还是为自己担心。林豹子的许诺可靠吗？如果林豹子被抓住，他不吃硬，官府肯定会用别的办法引诱他，面对金钱、美女、地位，谁敢保证他不说？

想来想去，赵祥觉得最好的办法就是杀人灭口。

怎奈林豹子是盗界明星，官府还奈何他不得，想杀他绝非易事。但明杀不得，还可暗杀。只是名人要价高，赵祥找一刺客，那刺客张口就要十万两银子。为保平安，赵祥咬咬牙，认了。

不久，那刺客就把林豹子刺杀了。

赵祥得知林豹子已死，很是高兴，当下给了刺客十万两银子，算是两清了。不料那刺客刚走，赵祥又疑惑起来，心想若是这刺客被抓或泄了密，别人一定会问赵祥为何花如此大价要林豹子的头，不用多猜，只一猜便可猜出个八九不离十。若这消息被仇家知道，定会告官，官府知道了，定会怀疑铸银一事……事情一败露，定会得罪林豹子的同伙。若林豹子的同伙得知是我赵祥雇人害了他们大哥，那些杀人不眨眼的魔王岂能罢休……

赵祥越想越害怕，觉得虽然林豹子死了，危险非但没解除，反而扩大了事态！想来想去，觉得自己亲手把那刺客杀死方最为保险。主意一定，他就谎说再次雇用那刺客杀一个仇家，约那刺客到一个酒楼谈价钱。当天晚上，那刺客应约到了酒楼。赵祥包了一个雅间，偷偷在酒里下了毒，给那刺客斟了一满杯。刺客望了赵老板一眼，笑笑，说："赵老板，干我们这行有个规矩，就是不吃回头草，更不敢喝雇主的敬酒，因为怕有人杀人灭口！"

赵祥一听，白了脸色，正要起身溜走，不想被林豹子堵了去路。

赵祥一看林豹子没死，惊诧万分，气愤地斥问那刺客说："你为什么骗我？"

刺客说："在这个世上，钱是最靠不住的！"

林豹子笑道："兄台太小气，只给他十万两，而我一张口就给了他十五万两！"

赵祥望着那刺客："真没见过你这种不讲江湖规矩的人！"言毕，端起那杯毒酒，一饮而尽。喝过之后赵祥对林豹子说："贤弟，我是自杀，那钱一定给我，千万别给这种败类，到这会儿我才明白了，若想让益宛银号红火不衰，这才是上策！你如果执迷不悟，下场肯定不如我！"

赵祥七窍流血，倒了下去。

果然，赵祥的儿子继承了父业。由于赵祥生前一直注意培养儿子，益宛银号生意一直鼎盛如初，不到十年工夫，就成了方圆百里的著名银号。

再后来，林豹子被官府抓获，杀头之后，家中赃物全被没收。一家人被赶出宅院，沿街乞讨……

那刺客像是从中悟出了什么，安排儿子一番，然后就饮酒自杀了。

神　　裱

孙方友

陈州除去龙氏装裱坊享有盛名外，还有一个不起眼的裱画铺，人称“神裱店”。

既称“神裱”，必然有别人不及的高招。

相传民国初年，项城袁家的一位少爷，从水寨镇乘坐轿车亲自送来一幅米芾写的中堂——由于保管不善，长期受潮受压，黏结在一起，活脱一个杂面饼子。袁少爷曾经找了很多裱画师傅，皆无人敢接此活儿，经人推荐，便找到了“神裱店”。袁少爷对店主任振乾说，只要能揭裱好，愿付工钱三百大洋。任振乾看了看那块纸坨坨，表示尽力而为。袁少爷深怕任振乾在揭裱过程中做手脚，专派一个师爷坐镇监视。任振乾通过细心加工，把那块纸坨坨揭成大小不等七百多块碎片，然后把这些大如手掌、小如指甲盖儿的碎片裱得天衣无缝。袁少爷十分满意，不但如数付了工钱，还加赏银洋三十块。从此，“神裱店”更是名声大扬。

孙殿英在河北遵化马兰峪扒开慈禧和乾隆陵墓是在1928年的6月间。那一年任师傅已年近八旬，但仍然身板硬朗，神清气爽。他听闻孙殿英盗了东陵，很是气愤，又听说孙殿英打开两座墓陵之后，专拣金银财宝，不要名人字画，更恨孙殿英无知。他知道，藏于墓穴中的古人字画一旦重见天日，如果不抓紧时间做特殊处理很快就会损坏。为救国宝，他毅然关了店门，带领子孙北上去了燕赵之地。

由于孙殿英是个粗人，不懂字画的金贵，使得慈禧和乾隆墓内的名人墨宝遗失殆尽。那时候南京政府为掩人耳目，大张旗鼓地追查国宝。得到字画的人多属行家里手或有钱人家，早已将字画收藏于密室不肯出手。所以，任振乾此次北上等于白跑一趟。他带领儿孙们在遵化、承德等地转了几个月，毫无收获。任振乾气馁至极，正准备打道回府，不想节外生枝。

燕山一带有个大土匪，名字很怪，叫鸵鸟。这位名叫鸵鸟的匪盗双腿长得出奇，走路极快，上山下山能超出常人两倍有余。为此，京东一带的富豪皆怕他。他听说从河南陈州来了一个奇怪的裱糊匠，带领儿孙一大帮，还口口声声要用祖传绝招儿抢救国宝，很是好奇，便派人把任振乾一家请上了山。

鸵鸟一见任老汉年近八旬，银须抖抖，竟为抢救国宝不辞劳苦，千里迢迢来到燕北，颇有些敬佩之意，便问任老汉：“你为何称‘神裱’？”

任振乾笑道：“‘神裱’之称乃是别人的高抬，大王不可信它！”言毕，便讲了为袁家少爷裱米芾墨宝一事。

鸵鸟略识文墨，让人取出宣纸，挥笔写了几个歪字，等墨干之后，一把撕了个稀巴烂，撂给任振乾说：“耳听是虚，眼见为实，把它裱个完整的让我瞧瞧！”

任振乾望了望那团碎纸，说：“如若裱好，你能否答应我一个要求？”

“什么要求？”

“请你帮我寻找慈禧和乾隆墓中出土的那批字画！”

“你要那些破字画何用？”

“大王误会了，我千里迢迢来到贵地，并不是想得到什么。我只求为收藏者重裱一回，然后物归原主！”

“你是不是吃饱了撑的？”

“说起来怕大王不懂，凡出土的字画，如果不清除内含的腐气重新装裱，那字画就会像死人的尸体一样慢慢被腐蚀成粉末儿！”

“你怎么知道？”

“实不相瞒，我家祖上就是一个盗墓贼。他曾从墓中盗出过不少名人字画，皆因不会保管而被腐蚀。后来，他让我爷爷学装裱，但重新裱糊之后仍然腐烂成粉，这就是没有清除纸内腐气所致。”

“你用什么办法除去腐气？”

“大王，这是我家研究了多年的祖传秘方，恕不能相告！”

“那好吧！”鸵鸟变了脸色说，“你不说我不强求，但我也不帮你的忙！”

任振乾一听，急忙施礼说：“大王不必生气，为了抢救国宝，老夫只有破坏祖规了！办法很简单，就是把出土的字画揭下来，放在活人身上，要贴身带上一个月，方能用活人的生命之气除去纸内潜藏的腐气！”

鸵鸟越听越觉得玄乎，当场答应了任振乾的要求，说是一定尽力相助，抢救一回国宝，在自己的匪史上留下光辉的一笔。任振乾见鸵鸟答应了，很是高兴，急忙命儿孙们在山洞里支案制浆，把鸵鸟的字裱了个天衣无缝。鸵鸟一看神裱名不虚传，大喜，当下朝遵化周围的大户人家和珠宝店贴了条子，说是限十天之内送来东陵出土的书画一幅，否则，必遭大祸。条子上最后注明，为救国宝，诸位要有钱出钱，有力出力，寻找出土书画，并说裱好之后，定物还原主。

果真灵验，没过十天，东陵出土的那批字画基本上都集中在了鸵鸟的山寨中。

任振乾鉴赏过无赝品，大喜过望，带领儿孙向鸵鸟拜了三拜。为让任家父子安心裱画，鸵鸟特地为他们腾出了一个大的山洞。任振乾带领儿孙们搬进洞里，当下就开始了工作。他们先小心地揭下字画，然后分开贴身收藏。一个月后，腐气被吸尽，开始重新裱糊。就这样揭揭裱裱，一直忙了半年有余。那批出土的字画全部被抢救完之后，任振乾和他的儿孙们个个面黄肌瘦，满脸阴气，形如饿鬼。鸵鸟大为感动，亲手扶任老先生坐在头把交椅上，命全体匪徒向他磕了三个响头。

杀人刀

乔迁

杀人刀是一把刀。

杀人刀是一把江湖刀客们惧怕而又渴望拥有的刀。因为杀人刀可以让任何刀客的头断落。想杀人的人，想得到杀人刀。不想杀人的人，害怕面对杀人刀，害怕被杀，因为杀人刀是用来杀人的。

江湖上哪时哪刻不蔓延着杀人和被人杀的血腥气息？

忽一天，江湖传闻，杀人刀的主人杀人者要退出江湖。江湖上的杀与被杀，无所谓对与错。杀人者杀了那么多人，也没有人计较他的对与不对，只是，杀人者退出了江湖，杀人刀归往何处？

江湖上没有人希望杀人刀跟随杀人者一同退出江湖。

河开柳绿，春风渐暖。杀人者决定在清明时节正式退出江湖。

杀人者江湖传书，在退出江湖的那一刻，他将杀死最后一个人。

谁是杀人者要杀死的最后一个人呢？杀人刀又将归谁所有呢？江湖刀客们从来没有过地兴奋与不安。

兴奋的是，谁都想成为杀人刀的主人；不安的是，谁都不想成为杀人者要杀死的最后一个人。

可是，江湖上谁都有可能成为杀人者要杀死的最后一个人，谁也都有可能拥有杀人者的杀人刀。

清明节细雨纷飞。

杀人者端坐杀人崖。

杀人者还是壮年，却是一头白发，根根银丝在细雨中随风飘散。

杀人崖下的厮杀声越来越激烈，江湖刀客们为了拥有杀人刀，已急不可耐地开始了拼杀。刀与刀的撞击声，刀客被杀的惨叫声在丝丝细雨中不断地浮上杀人崖。

杀人者痛苦地垂下了眼帘。

杀人者轻轻地飘下了杀人崖。

所有的刀客立刻都停下了手中的刀。

杀人者的手中没有杀人刀。

所有的刀客精神都为之一振。

杀人刀不在杀人者的手里，杀人者如何杀人呢？眼前的杀人者，脸上没有一丝杀气，俨然就是一个和蔼的老人，面对一群拼死拼活的刀客，茫然不知所措。

刀客们等待着杀人者最后的诺言。

杀人者突然一扬手，一道白光从杀人崖上急速而下。

杀人刀！有刀客惊呼。

刀客们纷纷倒退。

刀客们稳住脚步，再看杀人者，神情愕然。

杀人刀已然插进了杀人者自己的胸膛。

杀人者死了。

刀客们面面相觑，杀人刀杀死了杀人者。

杀人者要杀死的最后一个人就是他自己。

没有人去拔插在杀人者胸膛的那把杀人刀。

江湖刀客们缓缓地跪倒在杀人者的面前。

杀人者用江湖上人人惧怕的杀人刀杀死了自己，就是留给江湖刀客们最后也是最好的忠言。

只要是刀客，只要手中有刀，就摆脱不了要杀人和被人杀。而天下的刀，本不是用来杀人的，是因为人想杀人了，刀才具有了杀人的功能。

杀人者的刀，在没有成为人人惧怕的杀人刀前，就是一把普普通通的砍柴刀。是因为杀人者用它杀人了，它才成了一把杀人刀。

现在，江湖刀客们手中的刀，又有哪一把不是杀人刀呢？

刀客们丢掉了手中的刀，掩埋了死者，扶起伤者，离开了。

江湖从此不再血雨腥风。

天音掌

乔迁

江湖中恶贯满盈的为恶之徒接连在江湖中消失了。

江湖是正义与邪恶交织的江湖，永远都是。邪恶之徒的不断消失，让正义之士拍手称快，更让邪恶之辈惶恐不安。无论正与邪，只要身在江湖，都想知道能让众多的为恶之徒悄无声息消失的人是谁。可是，江湖传扬了很久，为恶之徒消失了很多，也没有人知道这个江湖中人是谁，有着怎样绝世的武功。

我也想知道这个江湖中人是谁。我是通晓江湖人士的无用书生乔二，不知道这个让为恶之徒悄无声息消失的江湖人士，岂不有损我的江湖名声？

可是我却怎么也找不到这个江湖人士，无奈只好去见冷血无情胡天。放眼江湖，目前称得上恶贯满盈赫赫有名的，胡天称第二，没人敢称第一。无论是谁，无论多么凶恶，敢在胡天面前逞凶作恶，必死无疑。因为，即使作恶，胡天也只喜欢单独行事，对同样邪恶的江湖同类，也是冷血无情。

见我，冷血无情胡天面无表情地说了一句："也好，一同等吧！"

胡天也在等那个让邪恶之徒逐一消失的江湖人士，他知道，那个江湖人士一定会来找他，让他消失。

只是，冷血无情胡天不相信自己会消失在江湖。我也是有些不相信的。胡天的冷血无情剑可以说已是天下无敌，这么多年来，江湖中正邪两派无数高手与之交手，却没有一人能够击败他。

能打败胡天并让他消失于江湖的人该有多么高深的武功啊！江湖中有

这样的人吗？我是通晓江湖人士的无用书生乔二，每个江湖中人都在我的心中，可我却找不出这样一个人来。

第三日傍晚，我和胡天等待的那个江湖人士终于来了。

天色渐沉，冷风萧萧，那个人一袭青衫站在我们的面前，面容沉静如月，又微微带笑，双手倒背，目光温暖地看着我们。

胡天拨弄了一下手中的无情剑，无情剑发出一丝凄厉的鸣响。

我闪身退开。我等待和要见的人出现了，但我不是与他相斗消失于江湖的人，我是记录江湖人士的人。

青衫客微微一笑，说道："不忙，不忙，可否先听我一掌？"

冷血无情胡天怔住了，我也怔住了。

难道我们听错了吗？青衫客说的是听我一掌吗？应该是受我一掌啊！

胡天一抖无情剑，喝了一声："因何要先受你一掌？"

青衫客朗声一笑："不是，是听我一掌。"他倒背的双手缓缓由背后而出，竟是粉红圆润，有如女子之手一般美好，只是宽厚了许多。青衫客双掌合于胸前，晃了晃，竟发出一声悦耳的鸣音来。

我心中猛然一震，竟生出一丝不可名状的喜悦来。

胡天手中的无情剑颤抖了一下，显然，那一声悦耳的鸣音也让他的心中产生了一丝波动。胡天恶骂了一句："听个屁掌，看我斩你双掌！"话音未落剑已出，直奔青衫客。

青衫客转身而动，行如流水，已然贴在了胡天一侧，竟是久已失传的绝世轻功乾坤挪移。只此一功，便可断定，胡天必死无疑了。青衫客已贴在了胡天的身侧，胡天的无情剑已无用处，青衫客只要轻挥一下手掌，胡天便会命丧当场了。

青衫客手掌一挥，双掌合起。只要双掌合击胡天的头颅，必是脑浆迸裂。却不想，青衫客双掌一击，竟没有合击胡天的头颅，而是在胡天的耳边击响了。身形一转，双掌又在胡天的另一侧耳边击响了……

鸟鸣，虫吟，蝶舞，溪水缓缓地在我心间回转着，我看到了自己最美好的童年时光，无忧无虑，在青山上奔跑，在绿水中嬉戏，看蝶飞莺舞，看花开妩媚，让轻风拂面，让暖阳抚慰……人世间还要怎样的美好啊！

掌声缓落，悦耳之音渐止。人世间的美好却在心中永驻了。

胡天已是泪流满面，无情剑落在了地上。

“随我去吧！”青衫客对胡天说道。

胡天毅然点头。

俩人起身，转眼已无踪影。

“天上人间音常在，去恶行善掌中来。”青衫客的两句诗从远处飘来。

人之初，性本善。人在江湖，身不由己，心亦不由己，最初的善被江湖恩怨缠绕包裹，而这掌声正是把缠绕包裹的善重新释放出来啊！

我的江湖人士录今天记下了最该记录的人——青衫客，武功天音掌，此掌可化恶为善，不伤人性命……

鱼神桑巴

墨中白

梅村西南有个赵庄，村庄临湖。村上人个个识潮汐辨鱼汛，靠山吃山，靠水吃水。一个不大不小的湖，让赵庄人生活得十分滋润。

赵庄人捕鱼，也疼爱鱼，鱼产卵时不开网，捉到小鱼会自觉放回水里。赵庄不足百户人家，家家会织网，人人善捕鱼。

庄东的桑巴是唯一不用网捕鱼的人，每次下湖都是一人一船一桨，外带一木桶，可回来时却满桶鱼。桑巴用什么工具捕鱼，如何捕鱼，是个谜。

桑巴和母亲相依为命，每次捕到鱼拿到泗州城里卖钱换米盐，回家吃完，他才摇船下湖。有人曾劝他多下湖，捕鱼换得银子，娶个老婆。桑巴听了，只笑，不语。

在赵庄人眼里，桑巴除了会捕鱼，就是个傻子。可桑巴不管乡邻怎么看，还是独自摇船下湖捕鱼，更多的时候，桑巴都坐在堤坝上拉着二胡。

乐曲随着湖水荡漾，时高扬，时低沉，时欢快，时轻柔。听着优美的二胡曲，大家也会忘记手中的活儿。人们这才明白，桑巴是把心里想说的话全吐在那两根弦上，让它随着乐曲飞在湖面上，在赵庄天空飘呢。

桑巴跟谁学的二胡，就如同他用什么方式捕鱼一样让人好奇，也算是个谜。

有人说桑巴就是用这甜美的二胡声迷醉了湖里的鱼，鱼醉了，浮在水面上，任由桑巴捡拾……也有人讲，桑巴的二胡就是鱼钩，他每次下湖都带着二胡，捕鱼时，他把弦下到湖里……

赵庄人把桑巴捕鱼的过程传得神乎其神，不管别人是否相信这是真的，许三佬不信。他一直在女儿许言面前说，桑巴会拉二胡不假，也能捕鱼，可他就是一个不爱说话的闷葫芦。

许三佬想说桑巴是傻子，可话到嘴边还是咽了回去。他心里骂女儿，就算桑巴会拉二胡能捕鱼，也不能嫁给他呀，拉二胡能当饭吃？天天吃鱼，也腻。可他没有说，女儿怎么会嫁给桑巴呢！不愿意看到许言喜欢桑巴的还有赵闲，在赵闲眼里，赵庄能配得上许言的只有他。桑巴除了拉二胡和捕鱼，还能干什么？捕鱼谁不会，赵家的船又多又大，在整个赵庄，除了许三佬家的船，没有人能和他的相比。桑巴那是船吗？想到这儿，赵闲自信地笑了。

许三佬从内心里也感觉赵闲和许言般配，可女儿不喜欢这小子。他从女儿的眼神中知道她喜欢桑巴，一听到那飘来的弦声，她整个人就如喝酒一样醉了，脸还红红的。

看着如花似玉的女儿，许三佬心烦起来。更让他心烦的还有一件事——知府得知赵庄湖鱼鲜美，通知他送一船去。不是他舍不得，而是碰巧赶上鱼产卵，自赵庄老祖宗吃上捕鱼这行饭那天起，鱼产卵时不准捕鱼的规矩就形成了。他能破规矩吗？可不送鱼，知府那里不好交代。赵闲知道这事后，主动帮助他下湖捕鱼。许三佬内心虽然反感，但一想到赵闲姓赵，祖宗是不会怪罪他的，是姓赵的破了戒律，便没拦，任他去了。

赵闲找来几个心腹，起个大早，下湖了。

桑巴是从许言嘴里得知赵闲下湖捕鱼的，他不等许言把话说完就拿着二胡向湖边跑去。湖面上，赵闲的船在晨光的照映下，十分抢眼。

桑巴抢先跑到湖堤上，面对阳光，一阵激愤的乐曲声从弦里飞出，在湖面上奔跑。许言不敢相信自己的眼睛，刚才还平静如镜的湖面，瞬间起了波浪。她看到两条蟒蛇在几条壮如公牛的铜头黄鱼的护卫下，劈波斩浪，向湖面大船冲去。赵闲的船翻了。还好，他们都识水性，虽没有捕到鱼，但好歹保住了性命。

赵庄人骂，破祖上定的规矩，活该；犯鱼神的大怒，报应。没有人相信赵闲说的，他们看见了蟒蛇，是铜头黄鱼撞翻大船的。

许三佬也不相信女儿看见的，不知道桑巴是怎么让女儿迷上他的。许三佬宁愿相信赵庄人嘴里说的桑巴，也不高兴听女儿把桑巴夸得神了。

许三佬硬着头皮把赵闲捕鱼翻船的经过说了，同时一再保证，等湖鱼开捕，一定给府衙送来满满一大船活鱼来。知府也通情达理，没有怪罪许三佬。

从府衙出来，许三佬就开始盼夏天，盼早一天把鱼送去府衙。

一声响雷，雨来了。望着窗外的雨，许三佬乐了。大雨刚停，他就喊来家人，放船下湖，一个上午就捕了满满一船活鱼。

许三佬亲自顺着濉河将鱼送到泗州城。看着知府脸上的笑，他心底也乐开了花。谁想到知府吃鱼后，夸香，还要，说再过十天，几个知府在泗州城相聚，他要送每位知府一船活鱼。

接到命令后，许三佬又乐又担心，既开心知府器重他，又担心几天捕不到那么多鱼。连真心帮他的赵闲也不高兴了，说知府那么贪，迟早把赵庄湖里的鱼吃完。可嘴上这么说，一想到漂亮的许言，赵闲还是愿意再帮许三佬。

三天过去了，赵闲他们共出动五只大船，可捕的鱼却连一个船底也没装满。赵闲急，许三佬也坐不住了，他想到桑巴，就想让女儿去找桑巴。可许言不愿意去，她不想让父亲把赵庄湖里的鱼都白白送给官府。她让桑巴阻止赵闲，不让他们捕鱼。

桑巴笑着告诉许言，让她回去和他们说，他愿意帮助他们捕鱼。

许言不懂桑巴为什么会帮他们，回家没有告诉父亲。可第二天桑巴主动坐上了赵闲的船。一同下湖的还有许三佬。

东边的阳光，如金子般洒在湖面上，耀眼。

桑巴望着湖里的太阳说，鱼也该醒了，你们真忍心把这些精灵送给州官？

许三佬没有说话。赵闲却说，鱼本身就是一道菜，谁吃不是吃？

桑巴不拿正眼瞧他，说鱼都来，你敢撒网吗？说话时，他拿起二胡。瞬间，船上人就听到鱼摆尾声。再看如金的湖面，黑压压的全是鱼，它们排着整齐的鱼阵，有组织地围绕大船列队游行。

看着眼前的鱼阵，赵闲激动地拿起网。就在这时，他又看到两条蟒蛇，头昂高两米，眼如明灯，直盯盯地看着网，赵闲一动不敢动。

一曲终了，列队的鱼渐渐散去，蟒蛇向桑巴点点头，慢慢没入湖水中。许三佬再一看，大船四周还有鱼在游。

下网吧，这才是我们的鱼。桑巴说。

可是船上的人都没有拿网。此时湖面上的金光更强了，直刺人眼。

回吧。许三佬说。

不捕了？赵闲问。

许三佬点点头，转脸望着桑巴。女儿说的都是真的，难道桑巴就是赵庄人嘴里传说的鱼神？

想到许言，许三佬不由又多了件心事。

八 指 鱼

墨中白

泗州城三面环水，一面临山，有渔人常把在洪泽湖里捕获的鱼拿到泗州鱼市卖。泗州人喜欢吃鱼，尤爱吃团头鲂。泗州鱼市常有人卖团头鲂，但活的少见。想买活的团头鲂，得找八指鱼。

提起八指鱼，泗州城无人不知，可他的真名，却无人知晓，只知道他两只手都没长无名指，天生八个指头，以捕鱼为生。大家之所以叫他八指鱼，并不是他手有八指，而是因为他每次卖鱼，只卖八条团头鲂。

八指鱼并不常来泗州卖鱼，每月逢二、五、八的日子，他才带着鲜活的团头鲂到泗州鱼市来。八指鱼卖鱼，不用秤，双手捉住乱蹦的团头鲂，随手一掂，就报出斤两。有买家害怕吃亏，找秤称，斤两刚好，秤杆还翘得老高。

八指鱼的团头鲂好卖，除了他不欺客外，还因为他卖的鱼鲜活。八指鱼每次只捉八条团头鲂，他一到泗州，买鱼人立马就围了上来。可八指鱼卖鱼也有他的规矩，先卖给陌生人，其次是预付订金的人，剩下的才卖给熟人。

渔人都不明白八指鱼为何每次只捕八条团头鲂，泗州人想吃，你就下湖捕好了，洪泽湖那么大，水里的团头鲂多得数不完哩！不管泗州人怎么说，八指鱼都不为所动，还是每月逢二、五、八的日子才来泗州，每次卖鱼，还是八条，多一条都没有。泗州人都以能吃到八指鱼卖的鲜活团头鲂为荣。

也有渔人向八指鱼请教如何让捕获的团头鲂离开水不死，可八指鱼总会说，你疼鱼儿，鱼儿也疼你哩。

捕鱼人听不懂。

有个渔人说，他曾偷偷跟着八指鱼的船，看到八指鱼捕鱼时不用网，也不用叉，就用手。

八指鱼用手在洪泽湖里钓团头鲂。这事，泗州人不相信，问八指鱼，真的吗？

八指鱼就笑着说，鱼儿也是人，你爱鱼儿，鱼儿也喜欢你哩。

泗州人都听不懂。

每年三四月开雷前，团头鲂好捕，整个泗州不管是贩夫走卒，还是贫困人家，都要称二斤来尝尝，或熏或炸，鱼肉香飘泗州。一场霜降，团头鲂便沉于湖底，隐身于泥坑中，捞网不易，再想吃，就难了。

可逢二、五、八的日子，八指鱼还会准时出现在泗州鱼市上。渔人不明白，他们结伴撒网，拉捞，不见团头鲂；可八指鱼一人出行，每次回来，船舱里不多不少，刚好游着八条团头鲂。

渔人都说，八指鱼是遇到了鱼仙，要不然那些藏身湖底的团头鲂，怎会听任他召唤呢？

万家米店东家这两天特别想吃团头鲂，管家却告诉他，现在是隆冬，连八指鱼也不卖活的团头鲂了。可东家想吃，叫管家去找八指鱼，只要能捕到活的团头鲂，再多的银子，他也给。

管家跑去找八指鱼，见他正坐在灶膛前喝酒，于是把东家的话一字不差地告诉了他。

八指鱼一听，擦了一下嘴角边的酒水，把头摇得像拨浪鼓，不行哩，团头鲂全跑回湖底老家过年了，给再多钱，也捉不到。

其实八指鱼不说，管家也知道隆冬时节团头鲂不好捕。回到米店，管家把八指鱼的话一字不差地告诉了东家。没想到，东家听后，更想吃活的团头鲂了。

这天，天空下着小雪。看着满桌饭菜，东家没有食欲，心里惦记着团头鲂。

管家跑来说，八指鱼来了。

东家一听，人立马精神起来。

东家真想吃鲜活的团头鲂？八指鱼开门见山。

梦里都想哩。东家叹气道，可这下雪天，如何捕得到哟。

想吃，也能，只是代价太大。

要多少银子？

不需银两，要米。八指鱼说，要用白米来引诱深水底下的团头鲂上来。

需多少米？

一千担。

一千担……东家有点儿心疼了。可是想到鲜美的团头鲂，东家轻咬一下嘴唇，点头答应了。

雪还在下，满泗州城飘。

洪泽湖边，东家将千担白米运送到八指鱼的船上。

看着雪花中渐行渐远的木船，管家问，真信他？

信。东家轻轻拍了拍肩上的雪花说，八指鱼不会骗我。

雪下了七天。

看着满院白雪，东家问，八指鱼回来了吗？

管家没有说话。

他会带来鲜活的团头鲂。东家又轻轻拍了拍肩说，干烧？红烧？

听您的。管家看到东家肩上并没有落雪，雪昨天就停了。

这时，八指鱼来了。

东家大喜，忙迎出门，八指鱼担着两个大木桶。管家上前一看，木桶里装着鲜活的团头鲂，他连数三遍，共八条，一只木桶里四条。

八指鱼说，团头鲂在湖底过年，不高兴上来哩。

东家笑了。

管家忙让柳厨子捉鱼，剖肚、清洗，四条红烧，四条炖汤。

闻着满院的鱼香，东家心情那个好呀。吃着红烧鱼，品着鱼头汤，东家夸，真鲜。

东家告诉管家，这个年，他过得最快乐。全泗州城，谁能吃到鲜活的团头鲂？

管家在心里笑，一千担米换八条鱼，值吗？

这个春节，也是泗州城穷人过得最幸福的春节，他们虽然没有鲜美的团头鲂吃，可是满锅的米饭香，闻一闻，都让全家人开心。

这个年，为东家烧饭的柳厨子却过得提心吊胆，后来常听到东家夸八指鱼那天送来的团头鲂味道鲜美，他悬着的心，才渐渐放下来。

明明是八条鲜活的鲫鱼，东家和管家怎么都说是团头鲂呢？怪事。难道八指鱼真认识鱼仙？泗州人信不信，柳厨子不知道，反正他是有点儿相信了。

绑　票

侯发山

康百万得知康有染上大烟后，气得牙根痒痒，恨不得咬他两口。气归气，恨归恨，毕竟是自己的儿子，不能小孩子撒尿随便流，放任不管。

康百万好说歹说，康有左耳朵进右耳朵出，过后照吸不误。康百万指使大管家不给康有零花钱。没有零花钱，康有就向小管家要，或是去偷，或是去赊大烟吸……

康百万没辙了，心说这孩子非毁了不可。

树大招风，人阔招祸。忽然有一天，康有被邙山头的土匪给绑去了。

邙山头的土匪头目叫张三，多年前曾绑架过康百万，被康百万的胆量和气魄折服，此后一直没有骚扰过康家。可是现在又绑了康有，真是狗改不了吃屎，狼改不了吃肉。

庄园里的人都慌了：大管家说要带上康家的家丁直接上山要人；太太主张去报官，让官府去收拾这帮土匪；小管家建议去请镖局的镖师，镖师艺高人胆大，肯定能把人要回来……最后大家都盯着康百万，一家之主，主意还得他拿。康百万倒还镇定，说现在还不知道绑匪的用意，等等再说。

第二天，说票的来了，是一个留着八字胡的小伙子，他让康家准备二百两银子，两个月后送到邙山脚下的黄河码头。到时，一手交钱一手放人。

说票的只是受土匪委托，负责传话的，并不是土匪。

怎么这么长时间？大管家问。

八字胡说，张三去山东了，两个月后才能回来……我知道的就是这些了。

大管家还想再说啥，康百万摆了摆手，答应了八字胡。

待到八字胡走后，康家上下又议论开了，议论的内容还是老一套，要不要报官，赎不赎康有。

康百万分析道，按说维护地方治安是官府的事，但这件事不能报官：一来官府的能耐有几斤几两谁都清楚，要多熊有多熊；二来官府一直视康家为一块肥肉，雁过尚且拔毛，肥肉焉有从嘴边放过之理？他们正好趁机勒索康家，怕是二百两银子也不到底。求助镖局的镖师也不是不可以，镖师出马，就会迎刃而解。事情成功后，镖师的赏钱是少不了的，但是，邙山头的土匪们空欢喜一场，能善罢甘休？肯定还会来找康家的麻烦。话又说回来，自古镖师和土匪就是朋友——

老掌柜，镖师和土匪不是对头吗，怎么会是朋友？大管家打断康百万的话，迫不及待地问。

康百万说，没有土匪，就没有镖师，就像没有景阳冈的老虎，就没有英雄武松一样。如若他们联起手来，不但失了赎金，人质还是救不回来。

太太说，让咱们的家丁去营救。

不可，不可。康百万摆摆手，说相骂无好口，相打无好手。一旦动起手来，死伤是免不掉的。若是伤了家丁，跟二百两银子相比，更不划算；若是伤了土匪，他们会伤了人质。

太太说，老天爷，这可咋办？掌柜的，你可得想想法子。

康百万说，咱康家不差这二百两银子，两个月后去领人就是。

太太说，日子太长了，土匪会不会伤了康有？康有这孩子胆子小，会不会吓出毛病？说罢，太太的眼泪出来了。

康百万安慰太太，说图财是土匪们的目的，杀人是他们最不想采用的手段。为啥这样讲？你们想想，他们一旦伤了人质，不但得不到钱财，还会由于地方政府职责所司不得不过问，而摊上官司，吃不了兜着走。总之，他们不会伤了人质，还生怕人质出了意外。放心吧，绝对好吃好喝好招待，康有也是二十好几的人了，让他长长见识，吃点儿苦头也好。

大管家问道，山上有没有大烟？

康百万摇摇头，说“吃喝嫖赌我不抽，坑蒙拐骗我不偷”是他们这一行的规矩，“抽”就是抽大烟……别说了，到了这一步，谁也帮不上。

半个月后，康有回来了，同时跟回来的还有两个土匪，一个叫太平，一个叫安乐——这两个人被康有策反过来了。太平和安乐是邙山土匪中武艺最高强的两个人，是张三的得力干将。张三让他们看管康有。康有不愧是康百万的儿子，脑瓜子灵，就反过来做他们的工作，说你们不如放了我，跟我回康家，在康家弄个差事，不比在山上强？你们来山上为的啥？不就是为了吃和穿吗？整天提心吊胆的，弄不好还会掉脑袋。太平和安乐也觉得康有的话有道理，就依了他。

这是康百万做梦也想不到的。事实上，这件事从头至尾都是康百万一手操作的，为了让康有戒掉大烟，他特意请邙山头的张三帮忙，把康有给“绑”走。在山上待两个月，兴许能把烟瘾戒掉。没有家贼，引不来外鬼，看来这话不是瞎说的。

大管家跟小狗啃住骨头似的兴奋，迫不及待地问，少掌柜，这些天可曾犯了烟瘾？

此言一出，康有突然倒地，口吐白沫，抽搐不止。原来康有被绑票后心情一直紧张，无形之中戒了烟瘾，这时听了大管家的话，似乎条件反射，又犯了烟瘾。

再说邙山头上的土匪。其实张三深知康百万比猴子还精，比狐狸还狡猾，生怕康有是去做内应的，到时来个里应外合端了他们的老窝，所以也有所防备，特意让太平和安乐去照看康有。如今两个左膀右臂下山跑了，张三怕出意外，也带着其他部下匆匆远走他乡。临走时放出风声，迟早有一天要报复康百万。

这一次，康百万真的是哑巴吃黄连，有苦说不出。

亲　家

马宝山

青延县有山有河。山是老阴山，河是大青河。

有山有河，这样的地方就很富足，也容易招来匪盗。青延知县换了几任，长的三两年，短的也就是一年半载，最短的朱县令只做了四个月就走人了。为什么？都是让匪盗闹的。

青延县境里有好几股匪盗，其中隐匿在老阴山里，号称小周天的一股匪势力最大，有百十号人。匪首周方池，一个四十来岁的陕南人，据说从匪之前还是私塾先生。

清同治三年，上面派来的新县令也姓周，名先鹏。周知县到任，不忙着清匪，先是整顿治安，兴修水利，再就是忙着兴教助学，先后办了两座学堂，一座叫青延官学，由官家出资办学；一座叫青河义学，由地方商贾出资办学。这个时候青延县的匪患不断，时有被劫、被抢、被绑票的事报到县衙里来，周知县一一存档备办。

也在这时候，周知县从青河义学领来一个十三四岁的孩子，住到家里，与他独生女儿一同上学，有专人侍奉护佑。

孩子姓周名旻，眉清目秀，听说学习甚佳。

知县到任半年后的一天，让车夫驾了一辆马车，拉着师爷坐上去说："咱们进山。"

山是老阴山，一条土路凹凸不平，颠颠簸簸来到山前。知县下了车，手指山脚下一个村子说："你们就在小村歇脚，明日午时在此等候。"说罢只身进了老阴山。

周知县又走了足足半天，在山涧一片晚霞里东张西望的时候，忽然从树丛里蹿出两个彪形大汉："站住，做甚的？是密探吧？"

周知县呵呵一笑："你们说我是什么就是什么吧，要紧的是两位兄弟赶紧带我去见你们当家的。"两个大汉就把周知县的眼睛罩住引进山寨，推到匪首周方池面前，把眼罩摘下。

周方池那时正逗弄画眉，头都不回，问："带绺子进山啦？"

小匪答："爷，不像个绺子，倒像个先生呢。"

周方池这才回过头来，打量来人："做甚的？叫什么名字？"

周知县微微一笑："与大当家的一个姓，在下周先鹏。"

"哦，周先鹏，周知县？！"周方池急忙放下鸟笼子，近前仔细打量过，就吩咐人上茶，备酒席。

一个知县，一个匪首，一壶老酒喝了一夜，边喝边聊。

周方池斟满酒说："周大人只身闯我老营，就不怕我杀了你？"

周知县与周方池碰了一杯道："我是来与你商议大事的，两国交兵，不斩来使，你这个读书人懂得这个道理的呀。"

"来招安？"周方池问。

周知县答："眼下还不成，我没本事养活你的百十号弟兄。"

"莫不是清剿我们？"周方池沉下脸。

"清剿？那我不划算。"周知县说，"你的弟兄个个是脑袋别在腰带上玩命的主儿，可那些吃粮当兵的官军，哪个是真心实意为朝廷百姓卖命的啊？在战场上那些官军五百人抵不住你的百名弟兄。我花钱养活五百官军剿你划算呢，还是养活你的一百兄弟划算呀？"

"周大人不仅是个好父母官，还是个很精明的商人啊。"

"吃朝廷俸禄，就得为朝廷分忧，为百姓做些事啊。"

"周大人既不招安，又不清剿，那与我商议什么呢？"

"想请你和弟兄们到别的地方去安营扎寨。"

周方池瞪圆了眼睛："撵我走？"

周知县看着他笑，说：“撵你走的除了我还有一位，他也姓周，叫周旻，我已经把他请到我家与小女一同读书。孩子们需要一个安静的读书环境啊。”

周方池的脸一下子灰了下来：“你、你怎么就知道，周旻是……”

周知县哈哈一笑：“青延虽然是小县，却也有几十名密探、捕快，我不能让他们吃闲饭吧？”

“你想怎样？”

“大当家的，你若答应我，我把周旻当作世侄，一定培养他成才。”

“若不答应你呢？”

周知县喝了面前的那杯残酒。这时天已大明，他起身拱拱手说声告辞就披着一身晨曦下山去了。

从此，青延县果真平安起来，周旻一心一意读书，咸丰末年考中进士。那年他与知县家的小姐完婚后，被朝廷派到青延的邻县北固县做知县。金榜题名，洞房花烛，顶戴花翎，少年轻狂，新知县一到任就组织民团剿匪，第一战就被打得落花流水。周旻落入匪手，在押解路上大骂不止，被一个小匪当胸捅了一刀，死了。

这股匪盗正是周方池一伙，当周方池得知一个叫周旻的知县被手下捅死后，一怒挥刀劈死三四个小匪，痛苦欲绝。

这天，周知县在庭院里焦急踱步，小姐屋里一片忙乱，忽然“哇”的一声啼哭，产婆挑开门帘道喜：“恭喜大人，小姐生了个大胖小子。”

知县大人就吼一嗓子：“吃酒喽！”

此时，从院门外踉跄着走进一个人，周大人走上前一看，“啊”了一声：“周……周大当家的。”

一个知县，一个匪首，再一次面对一张桌子坐着，一壶老酒，边喝边聊。周方池长叹一声：“人作恶，不可活。也好，如今我无牵无挂，死在周大人手里也算是我的造化。”

“无牵无挂？”知县拍了两掌，周小姐一身缟素，抱着孩子款款走进来，向周方池鞠一躬：“公公大人，儿媳有礼啦，这是您的孙子。”

老匪抱着孙子恸哭欲绝，忽然跪下：“周大人，任凭发落了，您的大恩大德来世再报吧。”

“亲家，吃酒，吃酒！”知县把周方池扶起，坐好，两人喝得大醉。周知县没有把周方池的匪案上报，留他在家里做了老院工，打扫庭院，种花侍草。周方池也常常出门走动，他背着个褡裢，有时走三五天，有时走半月时间。细心人就发现，周方池出门，一定是哪里有了匪盗，三五天或是半个月，那匪情就销声匿迹了。

随之周知县升任云州知府，辖制七八个县，竟无一匪患，夜不闭户，市井井然，百姓安居乐业了许多年。

太史简

郑俊甫

我是被一阵哭声惊醒的。不光是我，我们弟兄四人都是被这一阵哭声惊醒的。

作为齐国的史官，大哥太史伯一直教导我们，世界那么大，人心那么乱，每天都有意料不到的事情发生。但不管外面怎么乱，史官不能乱，史官要做的，就是为纷乱的结果找到真因。

真相只有一个。大哥每每在我们遇到岔路的时候，就让我们默念这一句。

为了给自己营造一个清静的环境，大哥把录简的工作放在了晚上。下午小寐，闭门谢客。

然而这一次，无论如何是寐不成了。外面哭声震天，大哥说："怕是谁家又没了先人吧。"

出了门，见到的竟是上大夫晏子。晏子是个很讲究的人，平日里喜怒不形于色，即便是形于色了，你通常看到的也是喜的一面。

大哥惊讶地扶住晏子，问他出了什么事。

晏子顿足捶胸，那样子比丧了考妣更叫人难受："太史伯，大王……薨了。"

"怎么可能？昨日大王还跟一帮武士比骑射，箭能射百步，怎么今天就……"

晏子止住哭声，断断续续讲述了事情的经过。

庄公喜欢上了大夫崔杼之妻东郭姜，动不动就带着随从以礼贤下士的名义到崔杼家访问。其实是借着崔杼外出的机会偷会东郭姜。这位上级给自己戴绿帽，崔杼心知肚明，怀恨在心。这天，庄公又去了崔杼家，这一次，他没有避开崔杼，不但当着崔杼的面对东郭姜抛着媚眼，还把崔杼的帽子赏赐给了随从。“君子死而冠不免”，这侮辱最终使崔杼动了杀心，一阵乱刀让庄公死于非命。

“崔杼弑君时，我就在他的府门外，眼睁睁看着，却无能为力。”晏子又开始号啕。

“为人臣者，君忧臣劳，君辱臣死。”大哥搡了晏子一把，怒道，“上大夫为什么不跟大王同赴难？”

晏子一边呜咽，一边辩解：“大王若为社稷而死，我也会为大王而死；大王若为社稷而逃亡，我也会为大王而逃亡。可是，今天他是为了自己的错误而遭难，我觉得不该为这样的错误去殉难呀！”

大哥狠狠一跺脚，刚要辩下去，外面响起了杂乱的脚步声。

是崔杼派来的侍者。侍者传话说，让大哥马上过府说话。

晏子慌乱地盯着大哥：“他这是要急着抹平这件事呀。”

大哥冷笑一声，转身进了屋。片刻，大哥抓着一卷竹简出来，竹简上是一行瘦长的大篆：“夏五月，崔杼弑其君。”

晏子抓着大哥的手说：“太史知道此去意味着什么？”

大哥说：“知道。”

大哥又转身叮嘱我们：“照顾好家人。”头也不回地走了。

半个时辰，崔杼的侍者又来了，传二哥太史仲。

二哥像大哥一样，在竹简上工整地写上“夏五月，崔杼弑其君”，昂首出了门。

又半个时辰，侍者再来，传三哥太史叔。三哥冲我笑一笑，抓着早已写就的竹简，也走了。

时间过得真快，仿佛三哥前脚刚出门，侍者后脚就闯了进来，厉声叫嚣着：“上大夫有令，传太史季！”

我来不及写好竹简。不过这不重要，那几个字，在哪儿我都能把它们写工整。

家人已经哽咽着说不出话。晏子也一样，一向讲究的上大夫晏子，脸上凌乱得像是洪灾现场。他扯着我的衣袖，拼命摆手："季，留得青山在啊……"

可是，青史如果不在了，留着一座光秃秃的山有什么用？

我像三个哥哥一样，义无反顾地出了门。

崔杼的府上戒备森严。崔杼拎着一把剑，像一头杀红眼的野兽，站在院子里。他的脚下，是三具血淋淋的尸体，每个人的手里，都紧握着一卷竹简，上面沾满血迹。

崔杼指了指身边的案几，上面一笔、一砚、一卷竹简。"你三个哥哥竟然不听我的号令，我已处决了他们，今后由你来接任太史之职。你就写庄公是病死的，不然，那就是你的下场。"他转身指着三个哥哥的尸体，恶狠狠地说。

我的心一滴一滴地淌血，牙几乎要咬碎。但我知道，还有重要的事要做。我走到案几前，冷静地摊开竹简，提笔写道："夏五月，崔杼弑其君。"

崔杼怒不可遏，剑横上我的颈项，凶狠地说："你三个哥哥都已经死了，难道你也不爱惜自己的生命吗？如果改变写法，还能有一条活路。"

我平静地回答："按照事实秉笔直书，是史家的天职。与其失职，还不如去死。"

崔杼圆睁着一双兽眼，半晌，弃了剑，叹息一声，道："退下吧。"

走出府门，迎面踉踉跄跄撞过来一人，是我的好友史官南史氏。听说我的三个哥哥皆被杀害，他也来了。

南史氏盯着我，问："记下啦？"

我点头："记下啦。"

他长啸一声，抖开了手中的竹简，上面一行遒劲的字——夏五月，崔杼弑其君。

竹简在风中哗哗作响，恍若一面旗帜。

黑　尾

李　丰

母狼黑尾是在早上来到宿营地的，女人的气味到这里就终止了。黑尾追踪女人在草原上跋涉了五天，此时她已经筋疲力尽了。

黑尾没有恶意，她寻找女人是想报恩。一周前，女人救了她的孩子毛头。

那天傍晚，她领着毛头到土崖上练习捕猎。傍晚时的土崖很美，居高临下望去，夕阳的余晖潮水般漫过整个草原。大草原瞬间被安逸、静谧淹没了，懒散的光辉也让黑尾昏昏欲睡，放松了警惕。不知何时，毛头纠缠上了几头易怒的野猪，被野猪逼迫得脚下一滑，“咕噜”滑下了土崖。幸运的是，土崖下方四五米处斜生出来一丛灌木接住了毛头。

毛头受到了极大的惊吓，嗷嗷地向黑尾求救。黑尾慌了，原地转来转去没有好办法。天要黑了，天黑后毛头会更危险，黑尾几次尝试想滑下去，可她根本控制不了方向，灌木丛只那么一小块，贸然下去不但救不了毛头，她也会和毛头一起坠下去的。

黑尾手足无措，那个女人出现了，她开着越野车，车上坐着她的孩子。女人是被毛头的呼救吸引过来的。

女人胆子很大，她用车身慢慢隔开黑尾，跳下车，举起双手面向黑尾，大声地喊：“相信我，我来帮助他！……”黑尾听不懂女人说什么，她俯下身子，弓起腰，准备冲扑，她竖起独特的黑色尾巴，战旗似的向女人宣战。女人离她很近，黑尾有把握，她跳起来就会轻易地咬断女人的喉管，那不会比咬断一头山羊的喉管吃力。女人没有迟疑，继续举着双手向她示意。

女人的勇敢最终战胜了黑尾的不安，黑尾领悟到这个人这样坚持一定没有恶意，她是想帮助自己救毛头。黑尾放下尾巴，收回利爪，跳到一棵桦树后静观其变。

女人借助一根绳索滑下土崖，她把毛头绑在自己怀里，之后依着山势奋力向上攀登。女人攀登得很吃力，崖上的土块、小碎石簌簌地不断滑落，击打着女人的头、身子，女人顾不得这些，紧紧抓住绳索攀爬。女人把毛头还给黑尾，胸膛一鼓一鼓地喘着粗气。女人微笑着在毛头头上慈爱地吻了几下，这动作黑尾也经常做。黑尾顺从地低下了头，她觉得她和女人的心灵是相通的。从那一刻起，黑尾有了个想法，她也要为这个勇敢的女人做些什么，报答女人对毛头的营救。

宿营地挨着草原，黑尾隐藏在杂草中，她的体色巧妙地把她和周围融为一体。女人的孩子临近中午时，独自跑到草原上来玩耍，那是一个活泼的小男孩儿。黑尾可以走近观察小男孩儿，小男孩儿有着一头金黄的短发，这与她的毛头一样。孩子没有察觉到她的跟踪，她从小男孩儿身上闻到了那个女人身上的气味。

小男孩儿独自跑出营地，黑尾有些紧张。黑尾了解草原，看上去一览无余、风平浪静的，实质上危机四伏。这么小的孩子在草原上跑、跳，天空盘旋的金雕很容易把他误认为是一头山羊，一个俯冲就会轻易地把他掳走；草原上还有很多隐形的泥沼，陷进去就会被瞬间吞没。

今天小男孩儿显得异常兴奋，他跑到了很远的地方，离宿营地已经足够远了。黑尾伏在草丛里跟随保护着。小男孩儿在追逐一只蝴蝶，那是一只很大很漂亮的蝴蝶，毛头也经常被这种蝴蝶吸引。这使黑尾有了暂时的错觉，她觉得是跟着毛头在草原上漫无目的地游玩。

小男孩儿追逐蝴蝶跑了一段路，忽然放弃了，草丛中有更有趣的东西引起他的注意——一条悬在草尖上正跳着舞的“虫子”。“虫子”的舞蹈不但有趣还充满了魅惑，小男孩儿很好奇，情不自禁地向“虫子”靠近。

黑尾也看到了那条“虫子”，瞬间，黑尾身上所有的毛发都紧张地竖了起来。那“虫子”是一条响尾蛇的尾巴，它剧烈地抖动，是做好了进攻的姿势——小男孩儿进入它的领地了。

黑尾不能迟疑了，她快如闪电般地向小男孩儿奔去。这时黑尾身后响起了女人急促的喊声：“退后，不要伤害他……”黑尾回头看见那个勇敢的女人，正举着一把猎枪，边跑边瞄准自己。

黑尾是惧怕枪口的，那个黑洞不断吸走她的力量。黑尾的奔跑减速了，可黑尾马上想到女人那天为了救毛头爬土崖时的情景，她的奔跑又迅速起来，她要像女人一样勇敢，她要救小男孩儿。

黑尾竖起她标志性的黑色尾巴，希望女人能认出是她，明白她的用意，但这只是一瞬间的举动，那条马上要攻击的蛇容不得黑尾多想了。

黑尾腾空跃了起来，砰！砰！枪响了，黑尾的身体像挨了记重拳，在空中一怔，之后重重地落在孩子身侧。小男孩儿被母亲揽在怀里抱走了，黑尾躺在血泊里不停地抽搐，她没有挣扎着奔回草原，她不能动，她身下正压着一条不断扭动的蛇。

怪　听

豆　青

在山东的乡下，榆树极为常见。因木质坚硬，所以常用榆木疙瘩比喻某人顽固不开窍，有很浓的贬义。余有韦外号榆木疙瘩，他虽然上过多年私塾，熟读“四书”“五经”，是村里少有的文人，还是被村里人不客气地叫作榆木疙瘩，因为他不通人情世故，又疏于同人来往。慢慢地余有韦这个大号就给人忘记了，榆木疙瘩倒老少咸知了。

其实榆木疙瘩是个罕见的灵气人儿，只是他不愿意同村里那些俗气的人多来往。榆木疙瘩也是官宦子弟，因狱讼家道败落后，他一生未娶，靠种几亩薄田生活，照他的话说就是：种地不饥，读书不贱，羞与鄙陋人多谈。榆木疙瘩一肚子山海经，也不知那些奇谈怪论是他从书上看来的，还是他瞎编的。村里的小孩子也不知从哪天起，喜欢晚饭后成群结伙去榆木疙瘩家听故事，他们喊榆木疙瘩为疙瘩爷。疙瘩爷许是孤寂了，也喜欢有人来听他讲故事。那时的村户人家，晚上点支蜡烛都是奢侈的事。疙瘩爷讲故事时，就把那盏豆油灯的灯芯捻到极细，一灯如豆，连屋内的人脸都照不清晰。

疙瘩爷讲有关花草树木、鱼虫鸟兽、山河湖海类的精怪故事，很少讲正儿八经人的故事，甚至鬼都极少提到，所以他的精怪故事都不可怕，反倒让人生出许多瑰丽的想象。

疙瘩爷的院子很大，种的都是榆树，一棵棵粗过海碗口，还不招虫子。屋内听故事的孩子，以疙瘩爷为中心，有坐在门槛上的，有坐在砖头上的，有坐在炕沿上的，有坐在小板凳上的，一个个托腮支耳大气不喘地听稳稳坐在八仙桌旁太师椅上的疙瘩爷讲精怪故事。疙瘩爷虽然穷，却不肯失去旧家子弟的矜持，平时可以不喝茶，讲故事时必得喝。有淘气的孩子研究过疙瘩爷的茶叶，说那根本不是茶叶，而是什么树叶和草根。不管什么吧，这一点儿也不妨碍疙瘩爷喝出茶的韵味来。

疙瘩爷讲故事的声音不高，所以孩子们都不闹，一闹就听不见疙瘩爷讲故事了。孩子们在屋内听故事，屋外老是影影绰绰窸窸窣窣，有孩子出门撒尿被什么绊一脚，细看却不见物件，回来告诉疙瘩爷，疙瘩爷就笑呵呵地对这孩子说："你在屋内比屋外舒服多了，还要怪屋外面的绊你脚。"屋外究竟是什么，疙瘩爷不说，孩子们也不疑心，院子里那么多榆树，怎会不风吹叶晃弄出点儿响儿？

黑木耳喜欢附生在榆树上，往往一场雨后，它们就争先恐后地从榆树上冒出来，皮膜透亮经络分明。整个村庄就疙瘩爷家榆树上的黑木耳长得最多最旺盛，也最灵动，一丛丛一簇簇。孩子们聚在疙瘩爷家听故事时，有个别孩子想采摘一些黑木耳拿回家，疙瘩爷就会揪着他的耳朵训说："就许你长着耳朵听故事，把别的耳朵都灭了？"

一天，一个自称蒲松龄的淄川人，走进了疙瘩爷的院子，他是专门来听疙瘩爷讲精怪故事的，并且随身带着记录故事的笔墨纸张。那年气候干旱，树木的叶子都旱得打卷儿，村庄里的榆树上更看不见喜欢潮湿环境的黑木耳，仅疙瘩爷院子里的榆树上零星长着几个，也都是几乎收缩到树皮里去的蔫儿巴样子。

蒲松龄一连在疙瘩爷家住了十天，他们相互讲精怪故事，招惹得许多村人来听，一个个惊奇疙瘩爷怎么会有这么多奇妙的精怪故事。更让村人骇异的是，疙瘩爷院子里的榆树上，一个夜晚就密密匝匝长满了润亮的黑木耳，一个个做出支耳倾听状。

十日畅谈，蒲松龄满意离开时，指着附生在榆树上如鹿茸的黑木耳，跟疙瘩爷叹说："这些树为了听咱们讲故事，会耗尽养料而死的。"

蒲松龄走后半个月，那些榆树果然一株株枯萎而死。

悍匪麻七

练建安

悍匪麻七原不姓麻，姓马，大名福祥，人称马七。

十年前的一个冬日，一位长衫飘飘、神气俊朗的青年人，来到汀州武邑的石崖村，拜访了里正莫仰德，呈上礼金和书札。

书札是马家大族长亲笔，大意是说敝族小侄福祥颇习杂学，略知炼金术一二，意欲借住贵庄宝地，探寻金帽铜娃娃，资费自负，利润各半，敬请全力扶助云云。

莫仰德年轻时曾到赣州经商，遇到了大麻烦，马大族长仗义帮他摆平。现在，是该报恩之时了。莫里正爽快地答应了。当晚，在议事厅设宴款待了这个叫马七的年轻人。

石崖村位于汀江七里滩南侧，地势险要，明朝曾设石崖巡检司，专职“盘诘往来奸细及贩卖私盐、犯人、逃军、逃囚、无引、面生可疑之人”。入清后，巡检司撤除。巡检司官佐兵丁后裔，聚居成村落。数十青壮年，伐山取木，好勇善斗，时有盗伐他族林产事端发生。

酒过三巡。莫里正说，贤侄，这个金帽铜娃娃，老朽也曾听闻，只是敝村财力有限，这本金……马七说，阿伯宽心——成，对半分；不成，无须分文。席间，几个作陪头人大喜，连声称妙。一个瘦高个单独敬酒，言语闪烁。马七一笑，从随身带来的藤箧里拿出文契。大家看过，酒酣耳热之际，当即签字画押，双方各执一份收妥。酒温热，菜回锅，再次端上。莫里正欲言又止，马七问，阿伯有何赐教？莫里正说，贤侄啊，敝村百姓杂处，你是晓得的，居所并不宽裕呀。马七说，晚辈风餐露宿惯了，随便借一块栖身之地即可。莫里正说，南崖老鹰洞，遥接北山，俯视汀江，稍作修葺，却是洞天福地呢。马七捧起酒碗，大声叫好。

马七在老鹰洞住下了。柴米油盐，往村内采购，多贵于常价。马七付足现钱，佯作不知。

转眼三个多月过去了，马七风雨无阻早出晚归，却是一无所获。马七长衫破旧，失去了昔日光彩。他时常俯视着蜿蜒汀江，手捧地图罗盘发呆。偶尔，马七挎包持棍从村寨走过，背后就传来窃窃嘲笑。

这一天，阴有小雨。马七来到了远山密林。他听到了打斗之声，只见一群壮汉斫翻了两个人，抛下汀江。接着，他们合力扛起原木，溜下山去。马七看清是石崖村人。

这天傍晚，马七来到杂货铺沽酒。店内，两个壮汉剥花生米下酒。一个说，蛤蟆仔，找到金子了？福建人称江西人蛤蟆，江西人称福建人土狗，皆大不敬。另一个说，都说癞蛤蟆想吃天鹅肉，有金子还等你来捡吗？马七笑笑，沽酒，结账，提起酒葫芦走出店门。两个壮汉哈哈大笑。一个说，俺一拳头推他个三丈远；另一个说，俺一脚踢他下老鹰岩。

阴雨连绵，马七躺在洞里，百无聊赖。他从藤箧里取出一把刀，一起精钢打制的斩马刀，反复摩挲。这时，听得洞外有人叫喊。出洞，见是杂货铺店主，手提半头烤乳猪和一坛酒。店主说，恰巧进了好货，给您送来啦。问价，也不贵，二两银子。马七付款，称谢不迭。店主走后，马七切肉开坛又吃又喝，不料，一个时辰后，上吐下泻，接连卧床三日，幸好备有应急药物。事后查明：酒，乃好酒；烤乳猪，却是瘟病猪。

天气晴朗，这次马七走出老远，到了杭川城北、汀江左岸。这座山后来叫成了紫金山。罗盘欢快跳荡，此地有宝。马七捡满一袋金矿石，往回赶，途经石崖村，天色擦黑。马七听到背后有人喊，老表，老表。回头一看，是瘦高个，老熟人。是陈大哥呀。瘦高个说，老表，沉甸甸的，是何宝贝哟？马七说，是金矿石。瘦高个咋舌，金矿石？可要藏好啦。马七说，俺正要往阿伯家里送呢。瘦高个说，里正和他老婆闹别扭嘞，不合适去。马七犹豫了。瘦高个一把扯过挎包，说，俺帮你，漏夜送到。

次日一大早，马七敲开了莫里正家的大门。莫里正披着棉袄，睡眼惺忪，问，贤侄，有啥事啊？马七就说起了金矿石。莫里正满脸惊诧。两人遂来到瘦高个家。瘦高个在庭院内耍完一趟长枪后，却断然否认转送金矿石之事。他越说越气愤，叉开五指迎面推搡。马七踉踉跄跄，脸上留下五道血印。

莫里正说，贤侄啊，找不到金帽铜娃娃，不要紧。无端招惹人家，就不好喽。

马七神情沮丧地回到老鹰洞，爬上石坎。他发现，地图罗盘等物不翼而飞。他不吃不喝，躺在稻草窝里，正迷糊间，“砰”的一声，脑袋挨了一木棒，昏了过去。

一桶冷水当头浇落，熊熊火光刺激双眼。马七醒来时，发现双手被吊绑在一棵古树下。周边，围拢着一群壮汉，手持木棒。“狗贼！金矿石哪里偷来的？”逼问再三，马七就是不开口。“打！”乱棒狂舞。其中有根荆棘棒，专打脸。

轮到一个矮个子了。他丢下木棒，抱头痛哭，呜呜，贼也是人哪，俺下不了手啊。紧要关头，莫里正出现了。他及时阻止了众人行凶作恶，喝散了他们。他叫矮个子背马七回老鹰洞。接着，莫里正亲自送来了伤药和一篮子鸭蛋。

一个月后，马七康复。他叫矮个子上汀州城去。马七说，你是什么人，俺全晓得。去吧，不要回来。

秋社节晚上，石崖村壮汉会聚在议事厅饮宴狂欢。火攻，爆炸，斩马刀，一概不留活口，莫里正也不例外。马七有一百个理由相信，莫里正就是阴谋的幕后主使者，他是个恩将仇报的老狐狸。

七山鼓

张 港

咸丰十年，在京东八里桥，兴安岭下的鄂温克索伦马队栽了个大跟头，这跟头栽得暴：红毛鬼子的子弹头噗噗往人肉里钻。就在这时候，七山鼓让鼓手打破，人马泄气，队伍一下子垮了。

索伦战鼓里最厉害的叫七山鼓，意思是隔七座山，鼓声能使生马五脏震撼，惊毛乱阵；而听熟鼓声的战马，血脉偾张，斗志越发昂扬。

大山草原，大牛成千上万，就是找不出一张造得七山鼓的牛皮，比大草甸子找绣花针还难。八里桥那鼓用了几十年，要是早有好牛皮蒙新的，不见得打败仗。

造七山鼓要整张大牛皮，腹背边角都得够强够韧，牛皮嫩鼓声飘，牛皮老鼓声艮。养这等牛，三伏烤炭，三九卧冰，小米麻油五花草，一天三遍抽打柔软处，十三年工夫才有可能喂出这样的牛。——都是牧民，哪个这么狠心待牛？

索伦鼓匠跑坏了三匹马，就是见不到一张好牛皮。多少车砂石能出一两金子？多少只大雁能有一只虎眼的？找不到的，就是找不到。鼓匠急出火疖子，急成赤蒙眼。六山鼓、五山鼓、四山鼓，都造得出，可那不是七山鼓。要命的事哪敢对付？没有七山鼓，索伦兵、索伦马全缺勇气，再来敌军可怎么打！

这天，鼓匠正跺脚骂天骂地，眼见远远来个骑马老汉，老汉须发皆白，干瘦黝黑，马后一条大牤牛。

鼓匠拍腿大叫："这可是百年难遇的好皮子！"——鼓匠眼中有皮无牛。

"这牛，您卖？"

"嗯哪。不卖牵你这儿干啥？"

鼓匠使上劲力，抓过肩髻抓尻尾："好皮子！好皮子！好皮子！"

"老人家，您出价，多少都行。"

"你要这牛啥用？"

"我要皮，要牛皮。这是七山鼓！"

"啥？值七千五？"

鼓匠大声喊："是鼓。七山鼓——七山鼓——"

"嗯——七山鼓呀。我这犍子，"老人乜斜一眼鼓匠，"就是为一面好鼓。"

"您老出价，您老出价，多少都行。"

"价钱后说。你自己说造得出七山鼓，那我也得试试你。"老人停一停，"你擂通鼓我听听，看看是不是真鼓匠，不能白瞎我的好牛。"

鼓匠跺脚道："我一个鼓匠，擂得出惊天鼓。可是，老人家，我擂的可是五山鼓，是战鼓。孕妇、孩儿、病人、体弱老人听不得，震动五脏，要出大事。"

老人道："敲你的，别的甭管。"

"老人家，您这年纪，您得远点儿。您走过五道山，我再擂鼓，可不能伤了您老。"鼓匠瞅瞅老人，"千万，千万。"

"中中，我听鼓声，别的甭管。"

老人骑马远去。鼓匠自己说：他试我，我还想试试他，到底会不会听鼓。

算计着老人的马过了五道山，鼓匠小声击鼓，击出《春水三月三》，然后去看牛。

老人打马回来，怒道："呸！你这小子，耍我还是真不会击鼓？打出戏台鼓，还有两个乱鼓点。"

鼓匠弯身说："战鼓一响，行心走肺，怕伤着您老人家呀！您这年岁……"

"来，再来，来真的！"

"那您老人家可得远走，得过五道山。只是听鼓，莫动肝火。"

老人点头。

鼓匠暗自道：这老爷子，扳鞍上马都费劲儿了，耳力倒好，五道山外听明白了鼓曲细部。

这回，鼓匠用上力气，擂出一通《卧雪望天山》。

老人回来，喘一喘，伸手解牛缰，说："呸！就你这鼓，可别糟蹋了我的牛。"

"别别，别，别呀，老人家，我是怕伤害您，没有真敲。"

"你个不懂鼓的——"老人牵牛要走。

鼓匠慌忙抓住缰绳："老人家，老人家，走不得！我真敲，我真敲！可是，您得远远的，千万远过五道山。"

老人愤愤爬上马背，回头道："最后一回！"

鼓匠甩了衣裳，煞了腰带，三吐三吸，运上力气，跺脚腾身，抡槌擂出《盘肠啖目大砍营》。

一时间，透地穿云，一槌一槌，八里桥之仇之怨之怒火奔涌倾泻。噗的一声，天地寂然，五山鼓成了破鼓。

鼓匠心肝挪移，脾肺如裂。恍惚之中，忽见空马奔来，拖缰嘶鸣。鼓匠大叫不好。

鼓匠打马奔驰，只过一道山，就见到白发老人仰面草丛，面色青紫，鼻口有血。鼓匠喊叫："让您过五道山，您怎么在这儿就听鼓？"

老人已经没了鼻息脉搏，一只拳头举着，大拇指外撇。

这手势，鼓匠懂得：成交。

通 心 木

张 港

在使弓用箭的年代，齐齐哈尔东城壕边有家门户，号“曲直堂”。曲直堂是造弓的，将最直的木料弯曲成弓，弯曲的弓射出最直的箭，要不咋叫曲直堂呢?

曲直堂传人包老汉，正与儿子给弓摽劲儿，大门外传来叫嚷声。

一大群人立门口喊叫，还招呼四邻街坊男女老少。

是老熟人老主顾——带兵的佐领塔格拉。包老汉拱手说道：“这不是神箭佐领塔格拉吗，出啥事了？”

塔格拉指着自己鼻子尖说：“你还能认得出我？我还有脸吗？我还有鼻子眼睛吗？我的脸丢没了，一张脸掉下去，砸得脚面生疼。我……我没脸了呀！”

原来，神箭佐领塔格拉在大校场射出了偏心箭，三射三偏。这叫哪门子神箭？这叫带兵的佐领？观者哈哈大笑，一传俩，俩传仨，佐领塔格拉确实没脸了。

塔格拉当众舞弄手上的弓：“我说老包头儿，你自己看看，这是你亲手造的弓。大家看明白了，毛病在他的弓，不是我塔格拉射得不准。”

老包头儿接过弓一看，心里咯噔一下子：这把弓，用的不是通心木，是偏心木。偏心木做的弓，阴天下雨，走了性，箭就不准了。错在自己。

街坊邻居哈哈大笑，指点着老包头儿。

老包头儿脑袋轰轰响：“上辈子留下的通心木，已经打扫完库底子了，已经没有通心木了。”

塔格拉挺直了腰杆子，抬起头，指着大门上方的牌匾说：“‘曲直堂’这仨字是不是得摘下？”

看热闹的嚷嚷：“对对对。”

老包头儿喊儿子孟和：“搬梯子！”

孟和哆嗦着，老包头儿吼叫：“上手！摘！”

儿子孟和哭丧着脸，手刚够着牌匾，塔格拉发声了：“免了，免了免了，我也就是要个理儿，找回自己的脸面，不是真要摘牌子。”

塔格拉走了，人就散了，事也就了了。

第二天一早，塔格拉开门，看见“曲直堂”牌子立在大门口。杀人不过头点地，老熟人，哪能太过分？哪能真摘人家几辈子传下的牌子？塔格拉扛了牌匾上老包家。

老包头儿走了，说是去找通心木。

通心木是啥？那是七枝八杈的南山柞里笔直到顶、一茎通天、没疤没节的材料。通心木只长在八百里之外的长白山；长白山绵绵千里也难得一根通心木；就是得到通心木，水路旱道千里迢迢才能运输回来；还得手艺人脱胶，看好纹路截、裁。那可不是一天两天的事儿，那可是要银两的。

孟和说什么也不留牌匾，说：“爹走时留下话了，要牌子，他会自己去取。”

塔格拉没招儿，只得扛回牌匾。他心里老不是味儿，老不得劲儿了。

一年，两年，不见老包头儿的踪影，也问不出他的去处。塔格拉总想解释解释，也不得机会。

有一天，塔格拉实在受不了了，觍着脸去拍门，出来的不是包家人，是生人：“这家换主儿了，房子转手了。”

塔格拉带兵回来，上弓鞍市逛悠，我的妈呀，市上摆着亮斧大锯，是老包头儿的。又上市场，老包家的刨子锉刀也上了地摊。这老包头儿到底是咋了？

射手嘛，天天练射。其实，塔格拉那张让他丢过脸面的包家弓，是按他的臂长、力气造的，确实是好弓，只要不正着瞄准，偏上一偏，照样射出好箭。塔格拉早已经射出了人人称赞的好箭。

这一天，塔格拉在院子里练射，有人拍打门环。

塔格拉出门一看，一个老叫花子，反背手直直立着，塔格拉揉亮眼睛：我的妈呀，这不是……这不是那老包头儿吗?

老包头儿拿过身后的一张大弓，双手捧给塔格拉。塔格拉接弓一看，这可是头一回上眼的、天下无双的、“花鬼脸”通心木良弓。

老包头儿道：“这弓要是中用，牌匾还我。”

城边一座茅草小屋，门上挂着“曲直堂”牌匾。但是，曲直堂不再制弓了，因为老包头儿没了干活儿的床子，没了干活儿的家什，也没了干活儿的力气。

捕快与书生

王　东

茫茫大漠，漫漫黄沙一望无际。

在一座两丈余高的沙丘上，盘腿打坐着一位头戴四角官帽的年轻捕快，怀抱一柄寒光闪闪的虎头单刀，双目微闭，从晌午一直坐到黄昏，一动不动。

突然，年轻捕快双目圆睁，目光如电般射向远方。“你终于来了。”年轻捕快自语道。可这茫茫大漠，死一般地沉寂，他口中的“你”是谁呢?

大约过了半盏茶的工夫，隐隐约约听到叮叮当当的驼铃之声。

那驼铃声由远及近，一位身着青衫、头戴纶巾的少年书生横坐在驼背之上缓缓而来。青年书生手握一支青翠玉笛，身背三尺青锋宝剑，目若寒星，面如满月。此人正是轰动江湖的那位神秘的少年侠客，却无人知道他的姓名和来历。

少年书生口中吟道：“击筑饮美酒，剑歌易水湄。经过燕太子，结托并州儿。少年负壮气，奋烈自有时。因击鲁勾践，争博勿相欺。”

那年轻捕快听了，心中微微一动。

少年书生继续吟道：“五陵年少金市东，银鞍白马度春风。落花踏尽游何处，笑入胡姬酒肆中。”

少年书生吟完，拍了拍身下的骆驼，道：“驼儿啊驼儿，说什么落花春风、胡姬酒肆，就算我如今远走这茫茫大漠，也依然有人不放过我啊。哈哈，这样也好，该来的终究要来，早来了还免得咱东躲西藏。”说完便在离那年轻捕快十丈之地停了下来。

少年书生显然已对年轻捕快的来意心知肚明。

年轻捕快道："早知今日，何必当初！"

少年书生哈哈一笑："就算早知今日，我亦势必当初。只是没有想到竟会劳你这天下第一名捕亲自出马。"

年轻捕快道："哼，你可知道你所劫银两乃是朝廷的赈灾之银吗？"

少年书生一边把玩着手中的玉笛，一边若无其事地道："当然知道。"

年轻捕快怒道："既然知道是朝廷的赈灾之银，那你为何还要劫去？"

少年书生又是一阵哈哈大笑："正因为那是赈灾之银，所以我才劫去，否则，那些银两早已被那些贪官污吏中饱私囊了，那些真正的灾民岂能得到半文？朝廷应该感谢我才对啊，怎么反而派你这天下第一捕快来捉拿我呢？真是没有天理啊！"

"胡说，朝廷赈灾的银两，哪个贪官污吏胆敢中饱私囊？"

"哼！"少年书生冷笑一声，"这些年来，那些贪官污吏私吞的赈灾银两还少吗？恐怕你心中比我更明白吧！"

"就算有一些胆大妄为的贪官污吏，朝廷一旦掌握真凭实据，必然会查办，岂能容你胡作非为？"

"查办？哼哼，这天下有多少贪官污吏，朝廷又查办了几人？"少年书生转而又是嘻嘻一笑，"这次正好被我遇上了，举手之劳，顺便帮朝廷一个小忙，你给朝廷带个信，就说奖赏我就不要了。"

"哼，家有家规，国有国法，没有规矩，不成方圆。如果都像你这样胡作非为，那岂不是天下大乱？你认为我会放过你吗？"

"唉，说了半天，你还是要擒我。"少年书生顽皮地皱了皱眉，"但是，你认为你真打得过我吗？"

"使命所在，打不过也要打。"

"唉，要是做官的都像你这么傻，那就好了。既然如此，那就来吧。"

少年书生说完，面带微笑，起身轻轻一晃，瞬间便到了年轻捕快身前的三丈之地。

年轻捕快心中一惊，原本以为凭着这几年的苦心修为，就算不能轻易取胜，也可与之打个平手，岂知几年不见，他的武功竟是如此精进。以他现在的武功来看，自己恐怕连十招也难应付。但箭在弦上，不得不发。年轻捕快大喝一声“接招”，一片刀光罩向少年书生。

刀光剑影之后，胜负瞬间即分。少年书生身中数刀，倒在血泊之中。

年轻捕快心中一怔，随即将虎头单刀扔向沙丘，俯身抱起血泊中的少年书生，大叫一声：“小天。”

“哥。”少年书生依然面带微笑。

“你为什么不还手，你为什么不还手啊？小天，你若还手，我又岂能伤得了你？”

“我若还手，你会就此放过我吗？我若将你打败一走了之，你又怎么向朝廷交代？到时朝廷必然定你个徇私之罪。我若束手就擒，最后依然免不了一死，我可不想死在朝廷那些贪官污吏的手上。”

“你怎么这么傻啊，小天！”年轻捕快泪如雨下。

“哥，你还记得我们小时候一起吟诗练功吗？那时候我们都一心想做一代大侠，你说侠之大者，莫过于为国为民。我牢牢地记着你的话，只可惜，我们走了两条……不同的路。”

“小天……”

“哥，朝廷需要你这样的官，天下百姓需要你这样的官……哥，代我转告爹娘，小天以后不能在他们膝前尽孝了……”少年书生已是气若游丝。

“小天……”

大漠深处，残阳如血。

六钧弓

邓 萌

京城的风雪刮到了城郊愈加张狂。凛冽的北风吹凉了案上的一壶茶，也冻住了茶香，小厮赶紧利索地重新沏了一壶君山银针。今日颜府的主人远游将归，可容不得半点儿马虎。

京城远郊较为空旷，多为农家小院，颜府虽无漆朱鎏金的高门大宅，却也与众不同，连带着大门上悬着的那块古朴的紫楠木牌匾都生出一种不怒自威的气势。府邸远离繁华，颜家血脉衰微，唯有零星老仆和府中唯一的主人颜熠，可颜熠却是城中百姓闲余时的谈资和茶馆里最叫座的说书先生的故事素材。清晨早市茶摊子上的柳娘说颜府家主颜熠劫富济贫，三年前在半夜端了户部侍郎贪掠所积的金库，天亮时分还背着长弓在自家摊子上饮了一杯荷钱茶呢……午后，茶楼的说书李拍了抚尺，绘声绘色地说："这颜熠是颜高后人，颜高何许人也？《左传·定公八年》：士皆坐列，曰：'颜高之弓六钧。'皆取而传观之。这颜高使的长弓足有六钧重。三十斤为一钧，六钧一百八十斤，颜高乃真勇士，而据说这六钧弓还保存于颜府。颜熠多年来无影无形的暗中出手，得罪了不少人，却还敢坦然存身于府中，正是有这六钧弓坐镇呢，这神弓一箭三发，既有穿云破石之力，又有风驰电掣之速，颜熠箭法更胜，百步穿杨，以一当百……"

天色渐暗，颜府中没有丝毫京城年关将近的热闹。颜熠拉紧了缰绳，翻身下马。老仆们早已等候在大门口，像往常一样迎接家主回府。可今日与往常又似有不同，颜熠身后还停了一驾小马车……"到了吗？"怯生生的娇俏女声传出，车里的女子小心翼翼地探出身来，皎白的月光映在她的脸上，牵马的小厮一瞥，攥住的马绳从手里滑掉……女子不知何故不记得自己身世，只记得一个名字唤作繁弱，她是颜熠在云山遇见的。颜熠云游至云山深处被狼群围攻，云山狼凶残嗜血，颜熠射空了箭筒仍负了重伤，昏死在山间。繁弱拼尽力气把颜熠拖进安全的山洞，又冒着生命危险下山求药救了他。救命之恩重如山，颜熠便把她带了回来。

繁弱是清丽出尘的美人，京城贵女的珠钗宝饰繁庸艳丽，农郊邻女的荆钗粗衣朴素欠雅，而繁弱的美，就连善妒的妇人都无法挑出一丝瑕疵——肌肤如温润无瑕的羊脂白玉，柔情的眸子里含着一潭太湖春水，波光流转间就是温柔；含情凝睇，就能把你的魂勾走；轻启朱唇，再坚硬冰冷的心也会被融化。深不可测又孤傲远俗的颜熠带回了个天仙似的美人儿，城内外的百姓如乍闻惊雷，男人们好奇不已，女人们既羡又妒。因府中尽是男丁，颜熠便特地到牙行挑选了两个伶俐的丫鬟照料繁弱。从此以后，出没无影的颜熠不再神秘。早春二月，他带着繁弱去看郊外田边盛开的迎春花。中秋节的夜晚，他带繁弱在运河边放荷灯，繁弱许愿："但愿如同梁上燕，岁岁长相见。"她的眸子里映着跳动的烛光。在雪天里，他用冰刻出的白兔儿博得美人浅笑，雪地的月光分外皎洁，世间万物在此刻仿佛都静止了一般……

次年四月，庄王逆谋反叛，叛军入京，烧杀抢掠，生灵涂炭。颜熠起兵勤王，庇护妇孺，六钧弓出，震慑四方。十月，庄王式微，被颜熠率兵擒获，圣上大喜，下旨命颜熠入宫接受封赏。

五更上朝，颜熠天微亮时便要出门。临行前，繁弱为他披上玄色大氅，背上六钧弓，细细叮嘱："圣上是至尊之身，在圣驾前需谨言慎行，暂收锋芒。还有，这六钧弓切记万万不可离身……"颜熠眉宇间尽是温柔，笑道："我自会谨慎，你好好在家等我，不用担心。"秋夜微凉，繁弱倚在门边，出神地望着颜熠渐行渐远的马车……

马车驶入宫门，侍卫拦下颜熠："大殿上不可携带兵器，请大人摘下弓箭，随后可以取回。"颜熠想到繁弱的嘱咐，摘下了箭筒给侍卫："独弓无箭不成武器，这样即可。”随后听宣入殿。迈入殿门，龙椅上的那个人目光如炬，带着笑意，正是当今圣上。“颜爱卿铲除叛党，护卫朝堂安宁，实是劳苦功高，朕必有重赏。”“谢陛下，臣不求荣华富贵，但愿百姓安宁。”颜熠答道。一宦官见此情景，阿谀地笑着：“陛下，听闻颜大人一把六钧弓威震四方，如此神弓是稀世之宝，天下宝物都应归天子。颜大人，您觉得呢？”颜熠有些慌了：“陛下，不……”“来人，还不来帮颜爱卿摘下长弓。”天子一言，几个侍卫立马围了过来，竟然拔出长剑。帝王最担心权力受到威胁，又怎么会允许这个威胁存在呢？哪怕他是舍命勤王的功臣……颜熠见势不妙，翻身打倒两个卫兵，突围出了殿门，可深宫高墙，如何轻易逃得出去？他拼尽全力，赤手空拳抵挡一波又一波的禁卫军，玄色大氅染了血色，宫门已经不远，但却逃出无望了。六钧弓被卫兵夺过，重量太沉，一时无法运走，不想竟似活了一般，鸣声震天，立于颜熠身旁。有上前攻击的卫兵，电光火石间竟被弓弦勒亡，禁卫军惊恐之余不敢上前。颜熠趁机翻身上马逃向了尚未关紧的宫门。

颜熠立刻回府准备带着他的繁弱逃走，逃得越远越好，可繁弱却不见了。时间紧迫，颜熠只得遣散家仆，留下书信给繁弱告知其危机情况和逃离路线。当晚，颜熠做了一个梦。在梦里，只见禁卫军无数刀剑砍向六钧弓，一道光闪过，六钧弓竟化为一个伤痕累累的女子。仔细一看，女子正是繁弱！她倒在血泊中，望着颜熠离开的方向微微一笑，美得不可逼视……颜熠惊醒，宛如有人在心头猛刺了一刀，再把刀一点点往下拉，他痛不欲生。

颜熠早该想到《昭明文选》卷二十四，注释曾作：“楚王载繁弱之弓，忘归之矢，以射兕于云梦。”繁弱，本就是神弓之名。当初在云山，颜熠遇险，鲜血唤醒了六钧弓，也唤醒了沉睡的繁弱。六钧，是弓的重量而并非名字。这六钧弓正是上古神弓——繁弱。而颜熠却永远失去了最重要的她。

吾思伊人，夜里梦回，梦里心碎，独笑心扉。

羊肉

陈国凡

真是气死我了！羊斟气呼呼地走出营帐。

郑国攻打宋国，宋国的兵马大元帅华元率军前往抵御。两军在大棘一带安营扎寨，形成对峙之势。

羊斟正是华元的驭手，用今天的话说，是大领导的保镖兼司机。只是那时的驭手地位卑微，远没今天的司机受领导器重。这也是羊斟生气的缘由所在。

事情是这样的。

华元很希望拿下这一仗——既可张扬国威，又可彰显本事。打仗，士气很重要。鼓舞士气，务虚务实皆可。务虚，无非是精神鼓舞，战前动员，就是说些男子汉大丈夫当报效国家，血洒疆场之类的大话套话；务实，最好的就是物质奖励，战前吃饱喝好，战后论功行赏。这不仗还没开打吗？于是，华元就有了犒劳将士、饱餐一顿的想法。命令传下去，军需官大喜，立马屁颠屁颠地准备去了。

当日的晚餐，宋军营帐中的羊肉盛宴开席了。人欢马叫，羊肉飘香，宋军众将士吃着鲜羊肉，啃着羊骨头，喝着羊肉汤，大快朵颐，好不快活。羊肉的香气还随风飘到了对面郑军的营帐中，馋得郑军众将士口水直流。有几位实在熬不住了，竟溜到宋军的阵地来，甘愿改变军籍，做宋国的士兵。郑军将领奈何不得，想在伙食方面赶上对方，却不可能，就觉得这仗还没开打，己方就已经先败了一阵。

只是华元犯了迷糊，羊肉宴全军人人一份，唯独少了驭手羊斟。羊斟见战友们个个吃得满嘴流油，人人红光满面，自己却只有看的份，口水都不知吞咽了多少遍，实在气不过，就直闯华元的营帐，询问究竟。

华元刚吃饱喝足，正拿牙签剔牙呢，见羊斟事先没请示，就直闯而入，有些不快，听明情况后，华元乜了羊斟一眼，不屑道：你只不过是我的驭手，你驾好我的战车就行了。我怕你吃了羊肉，意犹未尽，明天作战御车时还想着今晚的羊肉宴呢。所以……

羊斟争辩道：吃了羊肉宴，我的御车技术只会更好。将军尽管放心！再说，全军人人有份，唯独我没有，没道理啊。

华元早已不耐烦了，道：我看你才没道理。你都姓了一辈子羊了，少吃一顿又何妨！说着，摆摆手，示意羊斟出去。

羊斟就气呼呼地出了营帐，牙齿发出了咯咯的声响。

翌日，两军对垒，战斗即将开始。照例，华元立于战车，列于军前，威风凛凛，他要慷慨激昂地发表战前动员讲话，以鼓士气，壮军威，争取一鼓作气，打败郑军。

众将士们，大敌当前……华元刚张开嘴巴，就被“驾驾驾”的御车声淹没了。这声音太熟悉了，正是驭手羊斟驭马的声音，也就是统帅的战车启动，军队冲锋的号令声。

现在，战车业已启动，正向对方阵营而去！

华元急了，怎么回事，我才刚开始作战前动员，还没发出军队冲锋的号令呢！

大元帅怎么糊涂了，冲锋的号令都没发出，就身先士卒，自个儿冲锋陷阵去了？宋军众将士也一时云里雾里，不知该如何行动。其实，迷糊的还有郑军众将士，这也是他们从没见过的阵势啊。

华元的战车速度越来越快，卷起阵阵尘土，飞奔向前，离郑军的军营越来越近了。

华元终于明白，羊斟这家伙是要把我送给郑军做俘虏啊！华元这才想起昨晚那事，真是追悔莫及，晓得该给羊斟一碗羊肉吃了，不，该给他两大碗！可这姓羊的，也忒不是东西了，怎可以以其私憾，败国殄民呢？打死我也想不到他会来这一手啊！

华元责问羊斟为何如此。羊斟冷笑道：昨晚分羊肉，是你做主；今天打仗，由我做主！

华元拼命想喝住战马，停止前进，可战马哪儿听他的呀。在它眼里，羊斟才是其主。

顷刻间，战车已入郑营。郑军总算醒悟过来，嘻嘻哈哈地一拥而上，拽下二人，严严实实地捆了。郑军元帅大笑不止，没想到啥也没干，就抓住了宋军前线的最高将领。

再说宋军众将士，皆目瞪口呆，见大元帅已成俘虏，这仗还没开打，己方就已败了，遂刀枪一扔，四散溃逃。郑军趁势掩杀过来，宋军大败。

战后，宋国提出送郑国若干战马、兵器，换回华元。郑国见此役确是胜之不武，就应允了。华元总算捡回一条性命，但如此窝囊了一回，在军中再无出头之日。

再寻那羊斟，早不知去向了。

红 孩 儿

陈国凡

兵荒马乱之时，山高林密之地，县市交界之处，常有盗匪出没。婺州的尖峰山就是这样一个去处。不知打何时起，有盗匪啸聚尖峰山，打家劫舍。官府动了不少心思进行围剿，却终究奈何不得，盗匪便势力日壮，气焰愈狂，如野草般，连绵不绝。

一般而言，盗匪皆为男匪，若蹦出个女匪首，倒也偶有听说，但皆是女匪，则鲜有听闻了。若说是一帮二十岁不到的孩子占山为王，势成匪患，则闻所未闻了。

这尖峰山就曾有过。

匪首人称红孩儿。因他极喜《西游记》里的红孩儿，人小鬼大，武艺高强，便以其名自称。有关他因何沦入匪道的，倒有一说。

红孩儿的父亲本是婺城一张姓大员外，因老来得子，极宠红孩儿，视为宝贝疙瘩，含在嘴里怕化了，捧在手中怕摔了，对其百依百顺。一大家子人终日围着红孩儿转，欢笑不断，却不料大祸临头。

红孩儿突然失踪，家人正哭爹喊娘四处寻找，却收到了尖峰山匪首陈麻子派人送来的消息：限张员外三日之内凑齐三千两白银，否则撕票。真是祸从天降，张员外急火攻心，身体本有大恙，竟一命呜呼了。张家群龙无首，各路冤家、债主趁机上门惹事讨债。原来张家空有架子，平素结怨甚多，外债甚大。如今乱作一团，只好以家财抵债，却再无赎回红孩儿的余钱了。

真是背到家了！陈麻子气急败坏，本想杀了红孩儿泄愤，却见襁褓中的孩子肥嘟嘟的，极爱笑，很可爱，加之自己没有子嗣，陈麻子动了恻隐之心，想把红孩儿当亲生骨肉，好生抚养。不想红孩儿日夜啼哭，陈麻子只好把红孩儿的母亲接到山寨。当然，事先约法三章，断不能告知红孩儿身世，否则，母子性命不保。自此，红孩儿在尖峰山茁壮成长，且练就一身武艺。

春去秋来，陈麻子病逝。临死前立下遗嘱，要军师全力辅佐红孩儿。

红孩儿遂成了匪首，时年十六岁。

红孩儿虽年幼，却聪明过人，悟性极高，漂亮地干了几票后，红孩儿树立了威信，连老军师也对其服服帖帖、恭恭敬敬。两年后，老军师过世，红孩儿越发成熟，完全能独当一面了。

红孩儿干票有其特色。

其一，不打家劫舍，就专干绑票。绑票不寻老人，不要姑娘，专绑孩子。专绑孩子，也不是随便一见孩子就绑票，他会细细寻觅，专对那些自幼被过分溺爱的纨绔子弟下手。这些富贵、官宦之家不差钱，舍得下血本赎回。

其二，红孩儿干票从不害人性命。被绑上山的一干人等，若遇到家变等缘由，不能被赎回，留或不留，悉听尊便。留，欢迎；不留，则即刻送其下山，还给盘缠和生活开销。留下的，若今后实在不适宜山寨生活，也遂其愿，给下山的盘缠和生活开销。

其三，绑孩子的同时，也设计一并把奶妈、贴身丫鬟等带上山。为啥？抚养孩子成人，可少不了她们。教授武艺者，山寨大有人在，闲时，红孩儿自己也充当武师。时间长了，山寨已家大业大，也不乏识文断字的。

其四，劫富济贫，对百姓秋毫无犯。红孩儿还说服家境特别困难的百姓将子弟送上山抚养，传授武艺、识文断字，一样不少。几年下来，贫穷子弟能文能武，还不用受山下官商的欺凌，故极少有想下山的。

百姓皆称善，富人、官府却恨之入骨，曾多次联合进剿，均大败而还。尖峰山地势险要，易守难攻，防御工事环环相扣，戒备到位，处处设防。若非智取，实难攻陷。

母亲归天，红孩儿是个大孝子，决定接下来的几天，山寨要隆重举办后事。官商清楚，这是剿灭红孩儿的绝好时机。

果然，深夜的山寨疏于防范，被官兵攻破，红孩儿不幸被生擒。

毕竟还是孩子啊，不够老练。婺州知府很是得意。

大堂问审，红孩儿不卑不亢，侃侃而谈。

“我只是将世上的不义之财，还之于民，用之于民。我何时杀人越货，为害一方？我何罪之有？”

官老爷被问得哑口无言，虚汗淋漓，只好暂停审问，将红孩儿收押牢房。

不日，皇帝大赦天下。婺州知府顺应民意，释放了红孩儿，但不许再回尖峰山。知府同时承诺不滥杀无辜，澄清吏治，改善民生，努力开拓婺州新局面。

那几年，婺州官不逼，民不反，太平无事。

故事还没完呢。

婺州知府将升迁，临行前再三嘱咐红孩儿：“今后若实在难以活命，就再上尖峰山吧。”

“为何？”红孩儿大为不解。

知府没答，摇摇头叹口气，一拂袖，走了。

天下无敌

吕啸天

九月初九这一天，丰城江湖第一与第二门派大刀门、金竹帮等带着数百人气势汹汹地杀向莲花山南峰的崇武寺。数百人一路飞奔而来，刀剑闪着可怕的寒光，杀声阵阵，飞鸟闻声惊叫着突飞而去，草木受此惊吓也浑身发抖。两大门派此行似有把崇武寺夷为平地之势。其实，他们是要来抢夺崇武寺的镇寺之宝。

这个时候，崇武寺的住持源德大师正带着弟子觉空、觉无等在后堂调制本门秘方金创药武魂丹。遭受刀剑重创者，只要内服外用武魂丹十余天便可转危为安。

年少出家不久的觉无对人世间的许多事都感到好奇。他有些天真地问源德大师：“师父，如今世人有吃有穿，日子本来过得很舒坦很幸福，为何他们不去安享这样的美好生活，偏偏爱打打杀杀，用刀用剑你砍我，我砍你，砍个你死我活的？本来是活生生的一个人，一刀下去，胳膊没了，腿没了，甚至命都没了，想想真是太惨了。”

源德大师尚未答话，性子较急的觉空抢着说：“江湖就是这个样子。没有打打杀杀，那就不叫江湖。”

“浩浩武林，永不平静。”源德大师看了看两名弟子，点点头，又摇摇头说，“一个争字害苦了众生。争名，争利，争权，争霸，搅得江湖永无宁日，杀戮四起，无数人因此死于非命。”

源德大师话音刚落，值日僧来报：大刀门、金竹帮数百人已杀到寺前，叫嚣若不交出“天下无敌”金匾就要杀进寺中强夺。

崇武寺始建于清朝初年，首任住持姚威宇出身于武学世家，练就南拳绝学。康熙五年，姚威宇参加武林大会，一人击败十三省高手，康熙手书“天下无敌”的牌匾赠送给姚威宇，以嘉其勇其志。后来姚威宇厌倦了江湖上的血雨腥风，于是回到家乡，在丰城建起了崇武寺，禅修止争之法，“天下无敌”的牌匾则筑室珍藏秘不示人。几任住持代代相传，慢慢地，“天下无敌”的牌匾就成了崇武寺的镇寺之宝。

大刀门掌门人魏大刀使一把重达六十斤的鬼头大刀，苦练二十余年，练就绝刀十八法，门下弟子已有三百人，成为丰城第一大门派。但是他不满足，想从丰城向梅城扩张，成为梅城的武林盟主。他认为把崇武寺镇寺之宝“天下无敌”牌匾夺过来，可以起到先声夺人的效果。金竹帮帮主铁金竹也久有称霸江湖的野心，于是与魏大刀一拍即合，联手夺宝。

两大门派来势汹汹。觉空怒火万丈，提出要带全寺会武术的僧人与两大门派决一死战。

“力争、苦争终是空，不争、止争法不同。”源德大师微微一笑，令觉无从密室把牌匾取出，交由魏大刀带回。等着大打出手的两大门派见源德大师如此拱手相让，很是惊愕。

源德大师又令觉空从后堂取来两大包武魂丹交给大刀门、金竹帮带回，以备不时之需。宝物被人强夺还赠宝药，觉空很不情愿，包了两包药回来气鼓鼓地一把扔在了地上。源德大师又微微一笑，从地上把药捡起来，交到魏大刀和铁金竹的手上：“收好，走好。”

魏大刀夺到“天下无敌”牌匾志得意满，提出牌匾由两大门派轮流保存。先由大刀门保存一年，再交给金竹帮。令魏大刀始料不及的是，他夺到“天下无敌”牌匾的消息一传出，丰城旁边的梅城、凤城、潮城武林暗流涌动，不断有人上门挑战，更有上门夺宝的。三个月不到，大刀门三百弟子死伤过半。魏大刀使刀的左手也在一次打杀中受重伤，好在及时服用了武魂丹才保住了手。一心想用“天下无敌”牌匾来光大本门，没想到带给本门的是灭顶之灾。悔恨万分的魏大刀急忙把“天下无敌”牌匾送到金竹帮。他担心再保存几天，门下弟子将会被杀光。

“大刀门为丰城武林第一门派，魏掌门保存此匾已感力不从心，铁某更是不敢心存妄念。”铁金竹长叹一声道，“源德大师仁慈，我看还是物归原主吧。”两人合力把牌匾送回了崇武寺。

面对失而复得的牌匾，觉空、觉无感到这一切有些神奇。

“浩浩武林，想靠一件宝物、一本秘诀光大门派，只能是痴人说梦。”源德大师手抚牌匾朗声道，“此匾在魏掌门、铁帮主眼中是宝物，可见天下无敌之要义两位却还没领悟。天下无敌四个字有两层意思，天下就是要胸怀天下。但是放眼武林，许许多多的人心里装的是名利、权霸之念，当然还有许多的仇恨。心里已没有位置来装天下了。心无天下，光大之念自成妄念。”

“大师，那怎样才能做到无敌？”魏大刀连忙问道。

“放下仇恨，化敌为友。”源德大师道，“真正的无敌，就是心中已没有敌人。”

梅花十三手

吕啸天

梅城梅花山种植了一片梅林，每到凛冽的寒冬时节梅花缤纷怒放，或如艳丽的烈焰，或如无瑕的白玉，奇特的景致为寒冬的梅城带来了盎然生机和温暖。

梅花山的梅花寺是一座有五百年历史的古刹，寺中的梅龙禅师习武三十余载。梅花的凌霜傲雪不屈不畏使梅龙禅师心中充满了敬佩，梅花超强的生命力使他想到了武学。一年年过去了，梅龙禅师自创武学，练就了梅花十三手的绝技。他还用多年时间撰写了《梅花剑谱》，在梅城武学界颇有盛名。

梅城龙虎堂堂主龙一隆年过四旬，他自幼学武，练就了劈虎三十刀的绝学。野心勃勃的龙一隆一心想称霸梅城，他用贩私盐、开钱庄、开镖局等暴利行当中捞到的银两，广招地方武艺出众而又心狠手辣的人，几年间招来了金二手、汪三江、杨四海、朱五湖四个各有所长的习武之人，封为副堂主。龙一隆与这四人合称“梅城五虎”，扬言打遍梅城无敌手。

梅城西山有一口山塘，经营者风里来雨里去苦心侍候多年，养出的山塘鱼鲜美无比，当地许多富人慕名前来购买，塘主慢慢有了收成。贪婪无比的龙一隆得知后，让朱五湖带人把塘主暴打一顿，把鱼塘占为己有。梅城城中心有一排铺面，经营粮油米面山珍，日进斗金。龙一隆一声令下，杨四海带着如狼似虎的手下强占了铺面。龙一隆再拿出大笔银两暗通官府，令那些遭殃的人告状无门。“梅城五虎”称霸一方，百姓恨透了他们。

龙一隆为长久称霸，想出了一个更恶毒的办法：对当地习武者大打出手。

仗着人多势众，他们在一个月内把梅城八名习武者打成了重伤。龙一隆在府中等着这八名伤者前来向他求饶，然后再收归门下。但万万想不到的是，一个月后这八名伤者全部痊愈。

是梅龙禅师及时施了援手。龙一隆每打伤一名习武者，梅龙禅师就派人下山送药给伤者。梅龙禅师秘制的疗伤之药，疗效神奇，一般的刀伤剑伤药到病除，伤筋动骨者只要连服九剂也可化险为夷。

“梅龙秃驴，老子与你势不两立！”龙一隆把梅龙禅师视为眼中钉，派杨四海、朱五湖带五十人上梅花寺向梅龙禅师挑战。杨四海、朱五湖一个用刀，一个用剑，招招凶狠，一心想把梅龙禅师刺倒或砍倒在地。

梅龙禅师面对砍过来的刀剑不避不闪，伸出手一扭一转，杨四海、朱五湖刀剑脱手，人倒在了地上。

“无进无退，无强无弱。”梅龙禅师对杨四海、朱五湖说，“回去转告龙施主，弃恶扬善，回头是岸，争强称霸终是空。”

“奇耻大辱。”龙一隆没有把梅龙禅师的劝告放在心上，而是气得暴跳如雷。十天之后，他亲率“四虎”带着二百余人再次上山向梅龙禅师挑战。龙一隆面露狰狞：“这一次，梅龙秃驴难逃死劫。”他心中打着如意算盘，这次杀了梅龙禅师，再把他的《梅花剑谱》抢来，从而彻底称霸梅城。

“梅城五虎”用刀剑把梅龙禅师围成一圈，梅龙禅师手不握兵器，面对砍、刺过来的刀剑，梅龙禅师口念秘诀：独步早春，自全其天。瘦雪霜姿，疏枝横玉。元梅虹曲，新花绕屋。微云淡月，冰清玉洁。风递幽暝，孤香粘袖。用梅花十三手进行化解。

对决进行了两个时辰，双方打成了平手。龙一隆一心欲置梅龙禅师于死地，把劈虎三十刀悉数使出，刀刀对着梅龙禅师的要害砍去。使到第二十刀的时候，梅龙禅师使出了梅花十三手的最后两招：一发屠苏，凌寒自开。“梅城五虎”的刀剑互相刺砍到对方的手上。“梅城五虎”的手臂都受伤了。

龙一隆狂叫了一声，带着众人向山下飞奔而去。梅龙禅师也面无血色，坐在地上许久没有起身。

两个月后，龙一隆带着“四虎”再次来到了梅花寺，求见梅龙禅师。

“梅城五虎”均失去了一条手臂。原来当日他们上门挑战时带着的刀剑都涂上了剧毒，只要刺伤了身体，必死无疑。他们一门心思要杀死梅龙禅师，故解药也不带。没想到害人终害己，“梅城五虎”在混战中伤到手臂，为保性命只好自断伤臂。“梅城五虎”各自失去了一条手臂后，武功大减，昔日的仇家纷纷来追杀。“梅城五虎”思前想后，只有梅龙禅师能保全他们，于是愿皈依禅师门下。

“天下之大，人心为大。天下最强，善心为强。”梅龙禅师于是为“梅城五虎”剃度。

没有人知道，当日梅龙禅师在与“梅城五虎”决斗时不忍取他们的性命，手下留情反而伤及内脏，他三十余年的武功全部失去。

清　茶

李永生

野三坡境内有一高山，悬崖陡壁，状如斧劈。山顶有一平台，台上曾建有娘娘庙。据说建此庙时因山高路远，建筑材料难以运送上山，有人便想出用山羊驮运的高招，将附近村庄的山羊集中起来，在每只羊身上拴几块砖瓦，成百上千的山羊边啃食青草边朝山顶进发，远远望去，整个大山犹如下了一层雪，很是壮观。

经过几百年的风吹雨打，娘娘庙越发变得残破，驻僧也换了一茬又一茬，到清朝光绪年间，只剩一位高僧在此修行。高僧法号了凡，已年近八旬，但仍精神矍铄，腰板挺直。了凡出家前是一位名医，本就心地善良，出家后更加仁慈，经常义务为百姓治病。他怕乡亲们到山上看病不方便，便每月初一、十五背着药葫芦骑毛驴下山巡诊。那毛驴是个早产儿，它母亲生下它便死去了，主人怕养不活它，想丢弃不管。高僧得知，将小毛驴抱到山上，用米汤把它喂活。毛驴个头不大，却长了一个“大门头”，人说这种驴极聪明，极有智慧。

了凡巡诊，天蒙蒙亮就出发。高僧骑驴，无须手握缰绳，稳坐驴背，仍能手持佛珠念经。毛驴四蹄撒欢，踏得山石“得得”脆响，人和驴都显出几分精神。

到了山下村庄，天正好大亮。病家主人早已在路口迎接。高僧下驴进屋，对病人望闻问切。主人回过身，恭恭敬敬地将一捆鲜嫩青草放在驴面前，毛驴便很友好地望望主人，三缕二缕衔起而食，吃得很是优雅。吃饱了，高僧也正好从房中走出，主人千恩万谢，高僧双手合十作别，骗腿儿上驴又去了其他病家。

高僧了凡骑驴巡诊，救治山民无数，百姓无不感念他的恩德。有人提出在悬崖峭壁上为其开凿一块巨型“功德碑”，百姓闻讯，无不响应，纷纷倾囊捐款。了凡知道后，吓了一跳，喊声“罪过”，骑毛驴便去阻拦，好说歹说，乡亲们才作罢。

了凡有一嗜好——饮茶。高僧脱俗，饮茶也极讲究，他一年四季饮的都是绿茶。一壶开水冲进去，那墨绿色的茶叶打着旋儿舒展成一个个透明的气泡，一股幽香能感染一片天地。茶具是一盏成窑五彩小盖盅，雕镂奇绝，一色山水人物，并有草字图印，那是出家前病家送他的，已摩挲得通体发亮。过去，了凡一直用山上的泉水煮茶，后来换成了山下村庄的“龙眼井”水。了凡第一次接过病家递给他的“龙眼井”水便眼前一亮。病家把水倒得满满的，水高过杯口，光滑如披了一层缎子面。高僧道声“极品”，喝一口果真比山上泉水更加甘洌。自此之后，了凡便改用“龙眼井”水煮茶烧饭。

为了凡运水的便是那头大脑门儿毛驴。

了凡先是领着毛驴下山驮了几次水，然后便决定让毛驴单独去驮。

天未亮，高僧便起床烧火做饭，接着添草加料，把毛驴喂饱，然后在驴身上拴好水桶，目送毛驴下山。

这是毛驴第一次单独下山驮水。毛驴因主人对自己的信任而激动，打着响鼻儿一溜儿小跑，没多久便来到了井边。这时“龙眼井”边已聚集了三三两两打水的乡亲。老乡们见毛驴独自下山，先是一阵惊讶，再望水桶，更为惊奇——桶里面竟放着两张烙饼。人们一下子明白了——高僧要用烙饼换水吃。人们争先恐后地为水桶灌满水，烙饼却没有留下，依旧让毛驴驮回去。高僧救治了那么多百姓，为他打水也要报酬吗？

第二天，毛驴又来驮水，不过这次桶里的烙饼变成了四张，乡亲们给桶灌满水后，依旧不肯把烙饼留下，毛驴便原地打转怎么轰也不走。一老人说：“他一准是上次驮回了烙饼，挨了大师的责怪。”人们只好留下烙饼，毛驴欢快地打个响鼻儿，立即转身上了山。

这以后，毛驴每天都在大清早下山，用烙饼换水，谁第一个见到毛驴，谁便拿走烙饼，然后负责给水桶灌水。

毛驴驮水，一直持续了二十年。这天早晨，天上下起了大雪。毛驴又下了山，然而身上不见了水桶和烙饼。毛驴见到乡亲们，仰天大叫，四蹄跑击地面，一脸的焦躁与不安。乡亲们心里咯噔一下子，忙朝山上奔……入寺庙进禅房，见了凡已经坐化了，眼前一盏茶水，也已冰凉。

乡亲们含着泪把毛驴拉下山。大伙儿一商议，决定轮流养护它，每家一月。到了新家，毛驴拉磨驮柴，任劳任怨。当然，有一件事乡亲们谁都不会忘记，那便是户与户交接时，新主一定会和毛驴一起上山，在高僧墓前敬献一杯“龙眼井”茶。

穆 小 盆

李永生

穆小盆人高马大，往人面前一站似戳了半堵墙。他饭量大，一顿能吃一盆饭，为此便得了个“小盆”的绰号，大家都叫他“穆小盆”，真名反而没人叫了。穆小盆吃饭的家什儿是一个砖红色泥瓦盆，他蒲扇般的大手托住盆底，用胸口顶住盆沿儿，筷子在瓦盆里一搅和，就呼噜呼噜吃出了一种骄傲。

饭量大，力气也大，他就靠卖力气吃饭。

那天一大早，穆小盆背着瓦盆去涞阳县城找活儿干，走了十几里路，远远见前面有两个人正鼓捣一辆马车。穆小盆走近一看，那马车上装着十几个瓷实实的麻袋包，车轱辘陷进了软泥，车把式啪啪甩着马鞭子“驾驾”地吆喝，后边一胖老头歪着脖子帮着推车，那匹枣红马奓毛扬鬃地往前拽，但那车轱辘在软泥坑里“吱扭吱扭”转换着方向就是不往前走。估计他们已经折腾了一阵子，枣红马累得鼻孔里呼呼直喷白气。胖老头看到在一边站着看热闹的穆小盆说，后生，搭把手可以不？穆小盆走过去，说，你把马卸下来，我给你拉上来。胖老头望着他，好像没听懂。穆小盆重复一遍说，没错，我给你拉上来，可你得答应我一个条件。胖老头忙点头。穆小盆说，我饿了，你去给我买五十个烧饼，我吃了才有劲干活儿。胖老头说这前不着村后不着店的，我上哪里给你买烧饼？穆小盆说，那你们身上带干粮了吗？胖老头想了想，转身从车上拎下一个包袱，解开后从里面拿出三张大饼，说，就这些了，全给你。穆小盆接过，把三张大饼卷在一起，不一会儿就把大饼填到了肚子里。吃完，穆小盆拍拍手，把瓦盆放到地上，用眼睛示意车把式把马卸了套。穆小盆走过去，站在刚才枣红马站的位置上，双臂架起车辕，倾身躬背一跺脚，瞪眼喊声“走”，那马车便摇摇晃晃走出了软泥坑。

胖老头和车把式看得目瞪口呆。胖老头问清穆小盆是要去城里找活儿干，说，跟我走吧，我家的活儿你一辈子也干不完。穆小盆便跟着胖老头回了家。

胖老头是一大户人家的管家，这户人家养着七八个长工，穆小盆也成了这家的长工。穆小盆依旧端他的瓦盆吃饭，一个人能干四五个人的活儿，很快便当上了长工头儿。

东家没儿子，膝下只有七个丫头，六个丫头都嫁了，专门剩下个老七，为的是招女婿上门延续香火。东家见穆小盆实在能干，就有意招赘他。那阵子地里的活儿重，长工们累得够呛。这天早饭东家特意让灶上蒸了开花大馒头，还炖了粉条猪肉。吃罢饭忽然下起了瓢泼大雨。长工们吃了个肚儿圆，又能歇个“雨工”，都高兴，猫在屋里滋腻腻睡大觉。只有穆小盆憋得难受，在屋里搓着手一遍遍走，时不时地隔着窗户望望天空叹口气。东家隔着院子问他咋了，穆小盆说，吃了那么好的饭食，可干不了活儿，不是白吃了？

东家很高兴，觉得穆小盆闲不住，富贵了也不会忘本，好！就招赘穆小盆当了女婿。

穆小盆就当了少东家，东家就成了老东家。老东家没看错，穆小盆果真富贵不忘本，除了穿戴好了一些，他依旧和长工们在一起出力气流大汗，别人干啥他干啥。

又过了些年，老东家老了，就对穆小盆说，富贵不忘本，好，但有时候一个人该变变角色就得变变角色，我老了，把这个家正式交给你，你就成了真正的东家。真当了东家，若不摆谱，反而会让人小瞧你。要学会用脑子管人，所谓劳心者治人不就是这个理儿？穆小盆觉得岳父的话说得有理，然后，就开始学着摆谱当老爷——

穆小盆学会了抽烟袋。

穆小盆学会了提笼架鸟。

…………

反正穆小盆不干活儿了。穆小盆不卖力气了，饭量就相应地小了，原先他还硬撑着吃一盆饭，后来便改成了半盆，再后来就把盆改成了碗。穆小盆那个标志性的瓦盆开始“退休”了。这时候，穆小盆竟感到了很大的失落，那个跟随他多年的瓦盆在他心中早已成了一个“标志”，就如同关公手里就得攥一把青龙偃月刀，张飞手里就得拿一支丈八蛇矛。不端瓦盆，穆小盆还是原先那个能吃能干的穆小盆吗？穆小盆闷得慌。

穆小盆别扭着又当了几年老爷，老东家仙逝了。送走老东家没几天，穆小盆就心急火燎地换上了原先穿过的粗布衣裳，和长工们一起干活儿去了。穆小盆就又骄傲地捧起了瓦盆。

没多久，风起云涌的“土改”运动来了，邻村几个地主都挨了斗，还被毙了两个。穆小盆是他们这个村最大的地主，贫农团自然不会放过他。为了挖出他家浮财，他们把穆小盆抓起来吊在了房梁上。但他家长工们不干了，长工们排着队找工作队说理，他们拿小木棍敲打着他用的那只瓦盆说，你们见过扛大锄放响屁吃粗食的地主吗？长工们都是穷人，这时候穷人就是主人，面子总得给，穆小盆最终被“保”了下来。

劫后余生的穆小盆说：“劳动能改变人的命运啊！”

胖鱼刀

尹 甘

鱼生就是生鱼片，用新鲜的生鱼肉切成薄片，蘸调味料食用。温州居民自古喜生食海鲜，民国时，温州的董记鱼生馆，是当时最有名气的专营鱼生的饭馆。1944年夏天，董记鱼生馆因为生意好，起鱼肉的男工不够用，老板董浩昌赶紧招工。除了一个自称黄聪儿的女子报名，没有其他人敢报名，因为董记鱼生馆对刀功要求极高。董浩昌看那女子身材袅娜肤色白嫩，怎么看都不像是干活儿的样子，就想打发她走。

黄聪儿说："你看了我的刀功不满意，我扭头就走。"

董浩昌随便丢给黄聪儿一条活蹦乱跳的野生大鲤鱼，黄聪儿不用砧板边的杀鱼刀，拿出一把自带的胖鱼刀：刀鞘是条银鱼，刀身像胖胖的月亮。刀刃一亮出来，森寒之气蕴聚如云雾，刀身跟手掌一样宽，不注意几乎不见掌中握有胖鱼刀。

黄聪儿漫不经心地弹开胖鱼刀，照鱼尾部落下一刀，刃锋一斜，贴着鱼脊无声地划上去，游近鳃部，刀锋一转，向外一挑，翻过鱼背，游刃不止，自上而下，到鱼尾部，戛然而止，两手一掀，鲜嫩嫩的肉块就剥离了出来，留下一具白骨与鱼头相连。瞬间肉身去尽的鲤鱼还未醒悟过来，嘴巴犹自一张一合。董浩昌的嘴巴也张得跟那条尚不知生死的野生大鲤鱼一样，于是黄聪儿留在了董记鱼生馆。

董记鱼生馆是老字号，年纪轻轻的董浩昌生得白面长身一表人才。父亲过世后，他接手了董记鱼生馆。自从黄聪儿留下来，董浩昌有事没事就会去看黄聪儿起鱼肉。开始黄聪儿不理董浩昌，只管把刀使得上下翻飞，鱼肉片片旋落。董浩昌看着看着就把目光从胖鱼刀移到黄聪儿的脸上，黄聪儿脸形柔美，但眸子深邃坚毅。董浩昌越看越着迷，往往呈现出一副呆相。一天，黄聪儿终于被董浩昌盯得心烦意乱了，一分神，左手中指被鱼刺扎破了。黄聪儿洗洗手，懊恼地看着中指上冒出的一大滴血发怔。董浩昌在旁边心疼地拿过黄聪儿的手指，放在自己口里吮尽血迹。黄聪儿被董浩昌这个亲昵举动吓着了，心竟然罕有地怦怦乱跳，脸上随之浮起了红晕，直至耳根都红了，她小声说："不要这样，只因你父亲对我家有赠钱之恩，我才来你这里干活儿还债。"

秋天时，温州被日寇侵占，市面一片恐慌萧条，董记鱼生馆却异常红火，因为日本人喜欢吃鱼生，温州的大小汉奸为了讨好日本人，几乎为日本人包下了董记鱼生馆。董记鱼生馆天天满座，一多半是傲慢强横的日本人，董浩昌赔尽小心侍候。日本人四下清乡烧杀劫掠之后，都会到董记鱼生馆庆功。

那天，董记鱼生馆又来了一批日本军官，说是来给董记鱼生馆送光荣匾的，董浩昌赶紧去后厨要黄聪儿做鱼生。他在前面卑躬屈膝地招待了日本军官半天，还不见后厨送出鱼生来，日本军官已经等得不耐烦了。董浩昌忙去后厨催，却见黄聪儿坐着，一片鱼肉也没有切。董浩昌慌了："外面的太君等着吃，你有几颗脑袋敢慢待他们？"

黄聪儿目光冷冷地看一眼董浩昌说："日本人前天清洗了东乡庄，东乡庄是我的家乡，你知道吗？"

董浩昌的眼神有些躲闪："日本士兵天天在杀人，你又不是不知道。"

黄聪儿的目光更冷了："听说日本人给你送光荣匾来了，不会只因为你这儿的鱼生好吃吧？"

董浩昌被黄聪儿问得有些恼羞成怒："你再不切鱼生，那就等着外面的日本兵把这座鱼生馆炸平吧。"

黄聪儿抿紧嘴唇站起来，运用手中的胖鱼刀，顿时"无声细下飞碎雪"，色如冰雪薄似蝉翼的鱼生，极快就摆满了面前的竹篾大圆匾。董浩昌脸上露出了笑容，才要把鱼生端起，黄聪儿却亲自端着施施然出去了。董浩昌稍愣了一下，急忙跟了出去。

那些日本军官正等得火起，突然看见一个美丽的女子端着鱼生出来，就都消了火气。一个军官甚至在黄聪儿给桌子上放鱼生时，用手捏了一下黄聪儿的脸。黄聪儿的右手从圆匾下抽出，张开手指，藏在掌中的胖鱼刀带着森亮的寒气，围桌飞旋一周。一桌日本军官，个个颈下一线血痕，似在不胜惊讶时，就听啪的一声，黄聪儿已经收刀回鞘了。

“他们都死了。你出卖了东乡庄的抗日英雄，致使东乡庄大部分人被杀。”黄聪儿对董浩昌轻描淡写地说。

说话间，一桌日本军官的脖子，都开始向外翻涌血液。董浩昌面如土色：“杀了我，你肚子里的孩子就没有了爹！”

黄聪儿的手臂向董浩昌一晃，恨极反笑：“你活着，孩子会一生恨我。你的喉咙已被我割断，不要死我眼前，外面去吧。”

董浩昌不相信，但感觉到了脖颈微疼，伸手一摸，有血渗出，他张开嘴想惊呼，却发不出一丝声音，惊恐万状地转身向外就跑。

看着董浩昌捂着脖子倒在地上，黄聪儿内心激烈撼荡，嘴角渗出一股鲜血：“自作孽，不可活。我不杀你，别人也会杀你。”

1943年的飞刀

行吟水手

许三多是个男人却有许多男人都没有的一手。

许三多有五把刀子，把把不过一寸，恰恰隐入掌中，把把锋利无比削铁如泥。刀子在许三多手中握着时不露锋芒，一旦抛出能在黑夜划出一道炫目的孤光。

那天，许三多在雨城的大街上卖艺。他让那五把纯钢打制的小刀变戏法似的上下翻飞，看得人眼花缭乱，引来一阵阵喝彩声。表演结束后，有个人献殷勤，拿着一顶帽子想替他收钱，他很生气地用飞刀把那顶油渍斑斑的帽子穿了个洞，然后就收起了刀子。

当时雨城聚宝钱庄的乔老爷也夹在人群里看热闹。当许三多拨开人群要往外走时，乔老爷喊住了他。

乔老爷说，小伙子，我看你身手不错，到我的聚宝钱庄做事吧，怎么样？

许三多说，好的。

乔老爷的钱庄生意做得很大，光雨城就有好几个分号。许三多除了看家护院，还担负着重点客户存兑银钱往返时的安全。

在许多时候，许三多都显得心事重重。没事的时候，他就在乔府的后院里甩刀子。一天傍晚，乔老爷来到了后院，他对正握着刀独自发呆的许三多说，许三多，你不是一个平常的人，从我第一次见到你我就知道你不是一个一般的人。许三多轻轻笑了一下，他抬了抬头，看见一抹夕阳爬上了对面的马头墙。

乔老爷六十岁生日这天，乔府来了好多贺寿的宾客。已经是国军某团团长的乔老爷的公子乔宇，也从数百里外的驻地赶来贺寿。他当着众多宾客的面，对在一边值勤的许三多说，我听老爷子说你有五把出神入化的小刀，且能在电光火石间飞刀穿物，是这样吗？

许三多笑了笑，说，那是乔老爷过誉了。

乔宇说，算你还有自知之明。你说，你的飞刀再快，能快得过我的子弹吗？再说，你会放枪吗？

所有的人都大笑起来，只有许三多一个人羞得面红耳赤。笑声过去后，许三多抬起了头。他说，乔老爷，你的身后有几只嗡嗡叫的苍蝇，真聒噪，我替你赶走它们吧。说话间，刀光一闪，几只青头苍蝇便被钉在了廊柱上。

乔宇的脸红成了关公。

1943 年的秋天来临的时候，一队日本兵占领了雨城。雨城的上空充满了血腥的气味。

乔老爷的叹息声在乔府里头起起伏伏。他一边骂着可恶的天气，一边诅咒着天杀的日本鬼子。他对许三多说，这群该死的鬼子每天都在烧杀抢掠，等着吧，我儿子乔宇要不了多久就会领着他的部队将这群禽兽不如的家伙杀个片甲不留。

许三多在一旁也骂了一声，他说这些猪狗不如的东西真是该死。然后许三多就站在了天井里，他说乔老爷我该走了，我必须要走了。许三多就头也不回地一直走出了乔府大院。

日子不紧不慢地过着，雨城的每一天都充满了变数。比如说，几天前，国军某团在团长乔宇的率领下，成功偷袭了日本兵的营地。据说是由于一位身怀绝技的江湖义士的相助，才取得最终的胜利。传说中，那位神乎其神的义士手握五把削铁如泥的小刀，于一个月黑风高夜闯进鬼子的营地，没等哨兵缓过神，刀子已扎进前胸或后背。他就这样一个人在前开路，接连干掉了十个哨兵，全部营房都被占领了还是一片鼾声，几乎所有鬼子的脑袋都是垫着枕头被砍掉的。

此后，那位江湖义士销声匿迹，不知所终。

传说的最后是这样的，国军某团团长乔宇因为抗战有功，被上峰提拔为某旅旅长。他觉得内心有愧，便请艺术家用他在战争中立功所得的军功章，拼成了一个抗日战士的头像。在雨城人看来，那头像分明跟那个叫许三多的人一模一样。

赵家米铺

赵长春

三教九流，各有其道。五行八作，各有其味。

赵家米铺，也如此，米味儿、糠味儿四时不断。远近走过，即有那种淡香，过于敏感的，甚至啊哟一声来个喷嚏，得揉揉鼻子，心里头赞一声，这米，香味儿冲。

赵家米铺前店后仓。店门正对大街，后仓临河，袁店河。从汉口过来的米船，就在赵家米铺后门处的自家码头停下。青条石，高台阶，长跳板。伙计们背米，跳板悠然，人影晃荡水中。看着这些，赵掌柜也想背上一两包米。

赵掌柜是靠背米起家的。他不只背米，还看老板怎样验米、卖米，包括跟着出去看米、选米。他不多说话，但心里头学了不少本事，三十岁从汉口回到袁店河，十年打拼后，就有了这袁店老街上的“赵家米铺”。人们对他有份敬，总讲起“赵掌柜背米起家”的故事，来激励自己和别人。

对此，赵掌柜只是笑笑。

对于如袁店河水流淌的日子，赵掌柜也是笑笑。他有一句口头禅：急啥？再急，也得慢慢来。

这句口头禅有深意，是赵掌柜人生经历的总结。那年，他还不是掌柜，还在街头摆摊售米。进了腊月，快小年了，他从南阳贩了一车好米回来，想趁着年关，赚些钱。车是骡拉的，两匹大骡，悬了铜铃，咣咣地响。风急雪猛，过丰山脚下的袁店河老桥时，天色已晚，雪野茫茫。桥头，一老人团卧雪中。他恻隐之心顿起，坚持扶起老人，安放在米车上，绕道去了药铺，给老人看了病，喂了饭。如此一耽误，晚上就歇在了药铺，陪护老人。

也巧，就在当晚，罗汉山上的“红枪会”早已买通骡夫，准备在袁店河的沙湾里劫他的米车。见他心好，所雇的骡夫对他说了这一件事。骡夫说：“掌柜的，您心好，救人一命，也救了您自己啊……”

赵掌柜握紧了骡夫的手：“以后，我就雇定你了！”

米铺卖米，米分等，大米、小米、香米、糯米。好米当然是富有人家买去，糙米多是小户人家买的。赵掌柜就坐在柜后，看人流，看伙计量米。量米用升、斗，量时，吆喝，报数。别的不要求，赵掌柜要求升尖、斗满，有赚的即可。薄利就多销。如此，来买米的人就更多。不少人家成了常客。谁家喜欢什么米，谁家该来买米了，谁家买米的叫什么，赵掌柜都记得清。这也是本事。

还有个本事，是赵家米铺的大本事，别的米铺不干，也不敢干——逢腊月初八，逢五月端午，赵掌柜要开棚舍米：熬腊八粥，煮粽子，都用一个特大号的大铁锅。那锅特大，别的不说，熬粥，二百斤大米进去刚盖锅底，煮粽子，能管全袁店镇的人吃。

如此，逢这两天，赵家米铺前人满为患，不再做生意。腊八就舍粥，热气腾腾，黏黏稠稠，为穷人，为要饭的。端午就煮粽子，头天晚上天一擦黑就上锅，直到端午早上，各色的粽子摆开，摆在长长扁扁的竹匾里，任人来吃。1941 年大旱，赵掌柜竟然舍了四个月的粥，从九月到腊月！就连罗汉山上“红枪会”的人也换了衣服，下山喝粥。赵掌柜一视同仁。

谈起赵掌柜的好，还有一件。每进入腊月二十三，赵掌柜就把好米掺入糙米，还当糙米卖。“过年了，吃点儿好米吧。”晚上，在柜上，他看着伙计把一半好米、一半糙米掺匀，随手捻了几粒，在嘴里一嚼，点点头。

——这都是好多年前的事了。后来，这样那样的运动，有的人要找赵掌柜的茬儿，就会有人站出来拦挡；还有人，会把自己的孩子叫回去，“啪！”一掌，“你吃饱了撑的！没有赵掌柜，也不知道你在哪里，爹早就饿死了！”

找不出赵掌柜的茬儿，就有人在某个晚上，把赵家米铺前的那口大铁锅给砸了，指把厚的铁锅裂纹五六道，就没法熬粥、煮粽子了。其实，已经好几年不用，那锅就锈蚀着，又加上这碎裂，没有用了。袁店镇老街改造时，大铁锅就被移到了墙角。时间长了，里面长出了一棵槐树。树越长越高，高出了屋檐，高高地看着老街的变化。根越长越粗，竟翻出了锅沿，扎出了缝隙，树根形成的疙瘩，把铁锅紧紧地抱住，锅与树一体，搬不动，移不走，成了袁店镇的一景！

有景就得有名儿：锅槐。

也有人称为“郭槐”，说是唐朝大将郭子仪来过袁店街，用此树拴过马，人称“郭槐”。瞎扯的。

依我说，“赵槐”最合适。